亞斯少年

校園偵探事件簿

Colin Fischer

艾許利・愛德華・米勒（Ashley Edward Miller）
柴克・史坦茲（Zack Stentz） 著
陳柑樵 譯

目次

推薦序一

找到孩子心中的柯林．費雪

王意中（《301個專注力教養祕訣》作者、王意中心理治療所所長、臨床心理師）

十四歲，正值謎樣的青春。亞斯伯格症，則讓這青春更顯得令人迷惑。閱讀《亞斯少年校園偵探事件簿》，卻能夠化解這股迷霧，讓我們看見一位亞斯伯格症高中生，如何秉持福爾摩斯般的求真求實精神，加上父母的貼心與接納，找到屬於自己的真摯友誼。

常常在文章與演講中提及，亞斯伯格症孩子有很高的異質性。你可能在不同孩子身上，遇見不同讓你困惑的模樣。有些特質卻也共同交織在這群孩子身上，無論是屬於他們獨特的專注、堅持、熱情、靜觀與節奏。

閱讀《亞斯少年校園偵探事件簿》，你不只是在觀看一本關於亞斯伯格青少年的小說。在字裡行間，你會不時帶著疑惑、不解、擔心、驚奇與喜悅，慢慢走進柯林．費雪的內心世界。

每個人都有選擇觀看與對待世界的方式，你、我一樣，柯林．費雪也是一樣。無論是那本記錄所見所聞的心愛筆記本；無論是對藍色三角形標誌的反感；或是需要依賴一疊畫著不同笑法來表達親切、緊張、開心、驚訝、害羞、冷酷的手卡；當然也包括亂中有序的堆放。

這裡讓我們看見一種尊重，對於每個孩子呈現他自己的方式的尊重。如同柯林．費雪，亞斯伯格症的孩子需要遇見一個能夠懂他、理解他、接納他的人。你可以從書裡，遇見許許多多如此細微與貼心的互動，讓我們學習到與亞斯伯格症或人際困難孩子相處的另一種教養祕訣與關係建立。

「飛機要著地囉」一句輕鬆的隱喻，提醒著孩子，讓他曉得有人會碰觸他的預告。

「槍手座」背著牆，面向窗戶及大門，好觀察周遭是否有危險。一個美國西部槍手的畫面，也讓孩子學習如何觀察周遭人事物的變化。

當然，在《亞斯少年校園偵探事件簿》中，也讓人看見父母對於孩子情非得已的面無表情，遭受誤解的無奈；如同身陷鯊魚群般，遭受同儕霸凌的擔心，及如何拿捏手足之間愛恨交織的複雜感受。

非常喜歡也很榮幸透過閱讀認識柯林·費雪，讓自己再次強化了這個信念：每個孩子只要放對位置，扮演好角色，就有機會發光、發亮。請欣賞及疼惜你眼前的柯林·費雪，一個真真實實的孩子。

推薦序二

其實不是沒禮貌

陳安儀（資深媒體人／親子作家）

我有兩個好友的孩子被確診是「亞斯伯格症」。對這類孩子的父母來說，教養的道路，是漫長而辛苦的。

欠缺表情、無法辨認情緒、無法同理、人際關係障礙、對某些事物過度專注、對聲音與觸覺極端敏感……這些都是亞斯孩子的特點。如果不是對這樣的孩子有一些了解，一般人很容易覺得他們沒禮貌、怪怪的、很難相處。

就像本書中的柯林·費雪，他無法從別人的表情中辨認情緒，需要靠「情緒對照表」才能解讀對方的感覺；他無法忍受別人無意或有意的肢體碰觸，甚至包括最親密的父母；他的注意力非常敏銳，擅於觀察細節與推理邏輯；他總是指出真相，但是誠實以告的結果，往往帶給自己及別人不小的困擾。

但是，亞斯伯格的孩子仍然是可愛的孩子。他們對自己有興趣的事情十分專注、不屈不撓；他們很誠實，從不說謊。他們一樣有感情、一樣有感覺，只是不擅長表達。對孩子的父母來說，教養過程中的挫折，總是遠大於欣慰，因為撒嬌、說甜蜜的話，對亞斯孩子來說，簡直是「不可能的任務」。

這本小說藉由客觀的第三人稱描寫、柯林自己第一人稱的「筆記」、加上具有研究精神的「解說」，交織而成一個動人的故事。因此，這本書，不只是一本精采好看的小說，讀完此書，更可以多了解像柯林這樣的孩子。甚至，書中所附錄的一些知識來源，也都非常新鮮、有趣！

因為客觀的故事主體，我們可以看到家長、同學、師長看待柯林的感覺、與他相處的狀況；從第一人稱的筆記，我們又可以貼近柯林的心，宛若自己就是柯林。因此，在閱讀的時候，讀者便會隨著柯林偵查校園案件的曲折、緊張而融入這個故事，最後被柯林的勇氣和獲得友誼的過程而感動。

讀這個故事的時候，還有另一個地方讓我很有感觸。那就是學校的老師。對於許許多多特殊狀況的學生來說，還有什麼，比遇到一位善體人意的校長、一位真誠付出的老師更幸運的呢？

雖然，柯林因為自身的特殊，在學校遇到了種種霸凌、不平等的現象，但是，校長在處理他所引起的問題時，願意誠摯的對他說：「如果你喜歡，也可以來我這裡，待到心情平復為止。」而體育老師，更是打破了一般怕肢體碰觸的禁忌，讓柯林有機會接觸到從未上過的體育課。

我在想，如果教育者都能有這樣的耐心與愛心，我相信，社會上，一定能多一些被關愛的孩子，少一些被逼向邊緣的小孩。這本書，也寫出了一個教育者該有的態度與方式，值得大家借鏡！

推薦序三

封鎖膠帶圍起來的外星小孩

萊夫．葛羅斯曼（Lev Grossman，《費洛瑞之書》〔*Magicians*〕作者）

多數人都迴避犯罪現場。你看到警方的黃色封鎖膠帶，心裡只想著：感謝老天爺！幸好我不在封鎖膠帶圍起來的那一頭。當然，大家都在圍觀，你也是其中一人，雖然你通常沒發現任何有趣的事物，只看見兩、三位滿臉嚴肅的藍衣男女，或許還有一身樸素的某個人，表情就像希望自己也不在封鎖膠帶圍起來的這一頭。接著，你繼續往前走，把這件事拋在腦後，就像它是噩夢。

犯罪現場是另一個世界，有點像是魔法世界納尼亞（Narnia），跨過黃色封鎖膠帶，你就變成另一個人：你可能是受害者、嫌疑犯、目擊者、偵探。事物不再是原來的事物，而變成證據，根據鑑識科學和邏輯推理的原則，加以拼湊出真相。這些證據成為線索，解答眾人心頭的疑惑：剛才這裡究竟發生了什麼事？

如果是你或我這種普通人，才會有此疑惑。如果你是柯林．費雪，鑑識科學和邏輯推理就是你過日子的原則。柯林．費雪時時活在犯罪現場裡，對他而言，整個世界（家裡、學校、鄰里）都是謎團，而他就是解謎的偵探。

當然，柯林並非貨真價實的偵探，他十四歲，剛剛成為聖佛南多谷（San Fernando Valley）西谷中學（West Valley High）的新生，而刑事調查方法通常不會用於校園。不過，柯林並非普通孩子，他患有亞斯伯格症。「一種與自閉症有關的神經性疾病，」他以獨特的精準向體育老師解釋：「經過醫生診斷，我屬於高功能自閉症，我的社交技巧差、感覺統合能力也有問題，因此肢體動作非常不協調。」

柯林並非誇大其詞，因為他只懂得說出內心真正的想法，不過他對這個問題的描述似乎有點輕描淡寫。柯林與眾不同，他不喜受人碰觸，即使對方是他父母；他無法忍受吵鬧的聲響，也不懂得看人臉色；他做了筆記，記下哪種表情代表哪種情緒，這樣他就能用來對照周遭人們的表情，判斷他們的感受。他的記憶力絕佳，推理能力驚人，對於某些領域知之甚詳，例如賽局理論和美國太空計畫的歷史；不過，他又很難理解連五歲小孩輕輕鬆鬆就懂的事。華生曾經這樣描述福爾摩斯：「他的無知就跟他的博學一樣驚人。」你可以用同樣的話形容柯林，那麼你聽到柯林在床頭放了裱框的福爾摩斯畫像，也不會覺得驚訝。

柯林的中學經歷不同一般。這也不是一本茱蒂．布倫（Judy Blume）的小說。看完《亞斯少年校園偵探事件簿》之後，你絕不會心想：「對啊，我記得那次上數學課的時候，某隻手機響了，我嚇壞了，於是我不斷學狗吠叫，直到鈴聲停止。」柯林就像困在地球的外星人類學家，別無選擇，只好精通地球的社會規範，努力冒充人類，否則只能滅亡。

不過，柯林的故事如此重要又有趣的原因就在於此，因為我們可能也不像自以為的那麼像地球人，或許我們都比偽裝出來的樣子還古怪一些。我們喜歡相信生活裡的一切清楚明白、井然有序，但是事實並不然。請看看周遭人們的表情，你真的理解他們的想法和感受嗎？無法解釋的事多常發生，例如一本書不在你原來放置的地方、你應該知道某個問題的答案卻不全然、某個朋友經過卻不向你打招呼。我們傾向於相信自己的生活沒什麼古怪，認為自己永遠知道該做的事或該說的話，認為自己總是了解生活裡發生的大小事，認為自己的生活絕非謎團。

然而，我們當然並非總是了解生活裡發生的各種事，生活令人困惑，我們不斷試著用身旁的線索拼湊出前後連貫的故事，而各種證據並非總是吻合。這樣說來，謎團並不稀奇，它們並非例外，而是規則。我們並非福爾摩斯或是柯林．費雪，但是彼此的差異並不在於本質，而是在於程度；我們都站在同一個天平上，他們只是不符合一般標準而已。

因此，如果一個男孩覺得一切都是謎團，認為一間普通的教室是犯罪現場，那麼他碰上真正的謎團時，究竟會發生什麼事？如果他在學校的校園餐廳，碰上真正的犯罪事件、真正的嫌疑犯、真正的證據、真正的槍，那麼會發生什麼事？

突然之間，餐桌翻倒了，柯林身旁的人全都驚慌失措；不過，柯林並不慌張，他如魚得水，這輩子他一直在為「偵探」這個角色做準備。現在，我們身處他的世界，也就是黃色封鎖膠帶圍起來的世界；這一次，柯林覺得無比自在，這個世界是他居住的地方，這裡是他原生的星球，在這個地方，其他人全部變成外星人。福爾摩斯曾說：「生命遠比人們創造的任何東西來得奇怪。」我們傾向於遺忘這個道理，柯林的存在提醒我們這一點。

（本文翻譯：廖綉玉）

【名家推薦】

或許我接觸過不少有亞斯伯格傾向的孩子，也特別喜歡看這方面的紀錄片或是書籍，總覺得這些孩子們很辛苦的活在一個不被了解的孤獨世界中，其實他們的情緒只是放大了人類原本被控制了的情緒，他們的悲傷和快樂也只是放大了其他人的悲傷和快樂，了解他們孤獨的世界，也更能看到我們自己的心智和靈魂。

這本書就是藉由這樣一個有亞斯伯格傾向的天才小孩發展出不可思議的偵探故事，其中一直在探索著的都是人類的行為和心靈，整本書幽默趣味又能讓讀者思考。

——小野（知名作家）

作者以緊湊的文字，讓讀者一口氣讀完整本書。厲害的是，他幫助我們更認識亞斯伯格症狀。藉由不同領域的知識，主角柯林．費雪像偵探般，在青少年各種人際間迥轉，看似處於劣勢，卻都是轉機。作者把亞斯伯格的特徵轉換成柯林與眾不同的專長，例如思考上的堅持、細膩計算、圖像化，成為投中三分球的關鍵。換個角度看，不只成就一本小說，也是待人處事的基礎。

——柯華葳（國家教育研究院院長）

缺陷一如鏡子，讓我們看到己身的不足或更明瞭所謂的優勢。亞斯伯格症，困難讀取他人心理狀態的症狀，神祕謎樣的認知色彩，總讓創作者或媒體津津樂道。《亞斯少年校園偵探事件簿》，另類的懸疑偵探小說，就讓我們跟著亞斯伯格症的少年柯林．費雪，不受感情和偏見所蒙蔽，誠實勇敢的尋找及體驗謎團的真相吧！

——陳質采（衛生署立桃園療養院兒童青少年精神科主任，作家）

一本無國界青少年小說，讓孩子在敏智機鋒與淡淡幽傷的故事發展裡，感受到任何生命的本身，都是禮讚！可愛、好看！

——番紅花（親子作家）

【媒體好評】

「柯林・費雪宛如被困在地球的外星人類學家，無計可施之下只好學習這裡的社交規矩、活得像個人類，否則死路一條。」

——暢銷小說《費洛瑞之書：魔法王者》作者萊夫・葛羅斯曼

「本書令人想起馬克・海登的《深夜小狗神祕習題》……讀者將著迷於小說中的懸疑情節，並為柯林的世界觀所吸引。」

——《出版人週刊》

「這本出色的小說首作中有一個十四歲英雄，他和其他兒童文學裡的人物大不相同……讀者必會對他喜愛有加。」

——《書架意識》星級書評

「這本小說將患有亞斯伯格症候群的角色寫進故事裡，如此創新題材十分有趣，書中提到的歷史事件和科學概念也非常引人入勝。」

——科克斯書評

「作者將性格異於常人的柯林描繪得生動逼真。實在是引人入勝、饒富趣味的小說。」

——號角書書評

「惹人憐愛又充滿動能的角色。」

——美國圖書館協會《書單》書評

「愛死柯林了！」

——《洛杉磯時報》

【讀者好評】

「我很喜歡《亞斯少年校園偵探事件簿》的故事架構，除了第三人稱敘事手法外，小說還包含柯林的日記摘錄以及許多注記，種種片段讓讀者了解柯林腦子裡在想什麼。書中對柯林的學校生活、家庭生活與那場懸疑意外皆有著墨，比例分配十分恰當。作者還將感情對象、新友情和柯林剛學會的籃球技巧全寫進去。柯林個性『與眾不同』，這令他的弟弟不滿，所以他們兩人的關係很複雜。此外，拜柯林所賜，故事裡到處可見有趣的小知識，這真是棒，因為我就愛枝微末節的事物。兩位作者做足研究，將柯林的個性與其所面對的社交問題刻畫得入木三分，實在令人激賞。總而言之，我很喜歡《亞斯少年校園偵探事件簿》」。

——好讀讀書網讀者黎維安尼亞

「《亞斯少年校園偵探事件簿》很有趣，我尤其喜歡柯林與人來往的模式，呃……如果他真有在與人來往的話。柯林說話毫不修飾，想到什麼就說什麼、看到什麼就在筆記裡，這樣的特質顯然使他在學校常被霸凌。大多數同學自小便曉得柯林的『缺點』，可是他們或者忽視，或者不願接受，因而孤立擁有如此個性的柯林。

「然而，有一天，學校發生意外，身為目擊者的柯林終於能好好運用自己的觀察能力及好奇天性。這是整個故事的轉捩點，從這裡開始，我們不但更加了解柯林，也發現他對破解謎團有濃厚興趣。

「故事節奏明快，我覺得很不錯。書中時時可見作者的注腳，剛開始可能得花些時間適應，但愈讀你愈會覺得那些注腳反而使故事更引人入勝、更有趣。此外，我也很喜歡柯林家庭生活與校園生活的明顯對比：學校的同學完全無法理解柯林的舉止，但家中父母卻習以為常。然而，習慣卻不表示能輕鬆看待，其中最明顯的例子就是柯林的弟弟丹尼。

「我真的很愛這本小說，非常推薦大家一讀，你鐵定會從頭笑到尾。」

——好讀讀書網讀者妲蒂安娜．坎伯斯

「真沒想到我會這麼喜歡這本小說。哈哈，柯林就是不曉得什麼時候該閉嘴。故事以第三人稱敘述，而焦點幾乎都放在柯林這個角色以及他待人處事的風格上。故事主題很有趣，柯林在許多方面都好像年輕版的謝爾頓・古柏和福爾摩斯。

「柯林講話笨拙又口不擇言，如此風格在作者筆下完美呈現，我真是愛死柯林了！他超有趣、超與眾不同，還知道許多知識、曉得如何探究事物，只是，他對人類以及情感完全沒輒。作者在故事裡添加不少注記以及柯林的筆記內容，這樣的安排比平鋪直述還恰當。柯林及家人的關係也是這本小說之所以吸引我的原因之一，你讀了就知道柯林的爸媽有多努力想讓柯林過得自在，同時也想參與他的生活點滴。此外，這本小說還會教你許多東西，我就從中學到很多動物知識、世界史、人類的特質以及心理學知識，它讓我學到這麼多東西，因此我常與身邊的人分享，並向他們推薦這本好書。

「總而言之，我十分喜愛這本小說，而且對於柯林眼中的人類世界與人們不合邏輯之處頗有認同。這真是本簡短有趣又發人深省的小說，看完會讓你體會更多世事。」

——好讀讀書網讀者阿貝・辛德

「《亞斯少年校園偵探事件簿》是本帶給人好心情的小說，我都忘記自己上次邊看小說邊笑是什麼時候了！柯林這角色非常棒，他很實在、待人處事毫不拐彎抹角，而且他還把所有生活細節寫進筆記內，說真的，那本筆記其實比較像研究記錄，只要有什麼不清楚的他就會注明『繼續調查』。

「整本小說中我最喜歡韋恩和柯林一同追查真相的部分，尤其是他們進入家族幫派分子住所那段！我也很愛體育老師圖任廷教導柯林如何射籃那部分，老師告訴柯林：『人生就是場碰撞性運動，而且沒人有防具可穿。』這堪稱《亞斯少年校園偵探事件簿》最經典的一句話。」

——好讀讀書網雪莉・湯普森

第一章　鯊魚行為

寬闊的海洋中，魚兒經常成群游動，這種習性是為了覓食及躲避天敵。然而，加拉巴哥群島[1]周邊水域，卻出沒一種世上絕無僅有的魚群……

數千頭雙髻鯊集體活動，游行習性複雜難捉摸。牠們是唯一會結隊行動的鯊魚，研究人員始終不知道為什麼。

雙髻鯊前來這片惡海覓食、避難嗎？還是在擇偶？抑或單純喜歡做這種外人無法理解的神祕社會性行為？

1 譯注：位於南美洲厄瓜多西方。

我叫柯林・費雪，十四歲，六十四公斤，今天第一天上高中。

還要一千三百六十五天才能畢業。

柯林將心愛的筆記本緊抓在胸前。那本子也曾漂亮過，但百般呵護仍免不了被翻爛。如今，紅色的封面已經褪色、原本以金屬線圈圈住的紙張逐漸鬆散、那些線圈穿過的洞也因不斷開闔而磨損了。

柯林以他的方式珍愛那本筆記，這一切不言自明。

他穿越周遭人群，像條魚般東游西移、躲上閃下，雙眼直盯地面則是為了避開走廊上各種掠食者的目光。柯林盡可能不碰撞到別的學生，這種意外也甚少發生，但要是有人擦肩而過，他會低著頭說：「不好意思。」如果是手肘互撞，他則說：「抱歉，請別碰到我。」

柯林揚起雙眼，從置物櫃走到男廁，算出兩者相距整整二十七步。他在大木門前顯得好矮小，門旁邊的藍色三角形標誌令他反感，因為藍色代表寒冷。

儘管覺得冷，他仍推開大門，並小心不讓筆記本碰到任何東西——尤其是那個藍色三角形標誌。

男廁內燈光黯淡、一片髒亂。柯林謹慎的將筆記本放在黑色窄架子上，再走到白色陶瓷洗手台前。洗手台好像不太乾淨或該說保養不當，他皺起眉頭，猶豫了一會兒才打開水龍頭（轉一下、拍一下、轉兩下、拍一下、轉三下——好，洗手），壓出兩坨洗手乳——又是討厭的藍色，但也沒轍。

洗完手後，他從老舊的鏡子裡看見戴著眼鏡的自己，還赫然發現身旁有人，是韋恩．柯納利。

野獸般的韋恩擁有與柯林大相逕庭的外型及個性，魁梧的身材，感覺不是人生的，反而比較像堅硬的石雕品。柯林轉過身，韋恩露出微笑。

柯林查看那抹微笑，分析韋恩的意圖。那微笑有何含意？他有一疊手卡，是自己做的，上面畫著各種不同的笑法，還仔細列明每種笑的含意。

親切、**緊張**、**開心**、**驚訝**、**害羞**、**殘酷**。

「哈囉，韋恩，你好嗎？」柯林口氣生硬，彷彿在背台詞。韋恩笑得更開了，還粗魯的抓住柯林的Polo條紋襯衫，一把舉起來往馬桶間去。韋恩塊頭雖大，身手卻很敏捷。

「你會扯壞我的襯衫。」柯林說。

「錢我出啊，」韋恩邊講邊踹上門，砰的一聲讓柯林嚇得發抖：「但現在先和鯊魚打聲招呼吧。」

殘酷。頭被壓進馬桶時，痛苦無助的柯林作出這結論。那笑容絕對是殘酷。

第二章　囚徒的兩難

有個命題，名稱叫「囚徒的兩難」，有趣之處在於它是關於說不說實話的數學題目，而其中提到的囚犯只是假設。所謂「假設」，意即問題本身屬於邏輯思考，用以說明問題。

囚徒困境的內容如下：兩名罪犯共謀搶劫，遭逮捕、偵訊。內容提到這兩名罪犯有哪些答話方式，以及各種方式所導致的後果。他們可選擇「合作」或「背叛」，「合作」表示對警方撒謊，「背叛」表示說實話。

我覺得「說謊」、「說實話」比較簡單好懂，但我不是提出這個命題的人。

同時說謊，兩人便能獲得最低刑期。如果一個說謊、一個說實話，說謊的人會被判最重刑罰，而說實話的人能馬上被釋放。要是兩人都說實話，他們不但能獲得最低刑期，還可提早假釋。

所以說實話比較好。撒謊永遠沒好處，有時還會招來巨大惡果。

柯林家位於洛杉磯聖佛南多谷西北角，房子造型和鄰居的屋舍幾乎相同，實在是再平凡不過了。屋內分成兩樓，屋外漆成米黃色，外觀設計成西班牙殖民風格（但設計師並非有意如此）。

他們家後院有樣特別的東西：使用頻繁的跳床。費雪夫婦發現跳動能讓兒子放鬆、專注及思考，因而買了一張。柯林在跳床上享受斷斷續續的無重力狀態，幻想自己擺脫地球上的各種困擾，騰空、降落，騰空、降落，騰空、降落……常常一玩就是好幾個小時，而且都不用人陪。

柯林站在門口，兩眼直盯跳床。他頭髮亂成一團，衣服也溼透了，不過，手中緊抓的筆記本僥倖逃過馬桶邊的無妄之災。他原本想躲進彈跳世界裡，後來卻打消念頭，因為溼答答的衣服會沾溼跳床，這可不行。

於是柯林匆忙穿越走廊，進入廚房。

他不知道爸媽及弟弟坐在餐桌旁，所以沒注意到他們臉上的驚訝與擔憂，還有丹尼表現出的疲憊、憤怒和若有似無的恐懼。不過，即使發現了，柯林也沒時間、沒心思去理解，因為他正依照特定的時間表進行特定的任務。

費雪太太看看手表，才早上八點，於是玩笑的說：「開學日真早放學。」但柯林如往常般不受影響。「看來早自習要在家裡進行了，對吧？」

費雪先生邊點頭邊離開座位，接著在柯林身後大叫一聲，彷彿邊境牧羊犬驅回脫隊的綿羊。「嗨！柯大哥。」

柯林停止動作，這是他從過去經驗所習得的應對方式，用以回應爸爸仁慈而威嚴的呼喚。他轉過身，低頭避開費雪先生的視線，這並非出於羞愧，而是他盡可能不與人視線接觸。這樣的姿勢經常使外人誤以為柯林總悶悶不樂，但其實他甚少感到哀傷。

看著柯林的Polo衫在滴水，費雪先生問道：「打輸消防水帶了？」「我去拿毛巾。」不等柯林回答，費雪太太早已往樓上走。十四年來，大小意外時常發生，她也被訓練得很好，往往發現問題便動身處理，即使尚未全盤掌握狀況也不成問題。

想到哥哥大概碰著什麼事情，丹尼搖頭說：「天啊。」講完馬上看見爸爸責備的眼神，於是把臉轉到鬆餅上：「好啦，好啦，我知道你要說：『吃你的鬆餅。』」

沒多久，費雪太太回來廚房，柯林接過毛巾，還小心不與媽媽有肢體接觸，然後擦起頭髮。

費雪先生靠在廚房牆壁邊說：「我們在等你解釋喔。」他雙手在胸前交叉，緊盯柯林的兩眼透露特有的耐性與關切，希望他能開口。

對付柯林，強逼是沒用的，可如果明確表達意圖，他就會提供他認為你想得到的資訊——即使其實不是你要的。

「我弄溼了。」彷彿這就能解釋所有狀況（柯林心裡的確這麼認為），接著，他上樓回房間去。

「真老套。」丹尼說完，便繼續吃早餐。

訪客如果進入柯林的房間，最先注意到的通常是掛在床頭的裱框黑白照片，影中人是頭戴獵帽、身穿格紋大衣、嘴啣菸斗的貝索・瑞斯朋，他看起來若有所思又淡定，好像除了攝影師外有其他東西更引他注意。這張照片裡，貝索・瑞斯朋扮演的其實是福爾摩斯[1]。

訪客第二樣注意到的東西是福爾摩斯的照片同伴們，包括《星艦迷航記》的史巴克及百科少校，甚至還有《CSI犯罪現場》的葛瑞森

---

1 貝索・瑞斯朋（Basil Rathbone）並非首位、也不是唯一一位扮演福爾摩斯的演員，早在一八九三年，查爾斯・布魯克菲（Charles Brookfield）便在舞台劇《大鐘下》演過這個角色。然而，說到福爾摩斯，大家最常想到的是瑞斯朋，他也是柯林心中扮演這位世界最偉大偵探的不二人選。

調查員，他們全光榮的掛在那面牆上。有一次，費雪先生拿照片給扮演史巴克的李奧納多．尼莫伊簽名，結果柯林嫌那簽名「毀損」了照片，所以要求換張新的。那之後費雪先生才弄清楚，柯林房間內神聖不可侵犯的並非演員，而是理性、清楚的條理規律。

第三個吸引訪客注意的東西是地板，房內處處可見成堆的書、雜誌、玩具及拆解到一半的家電用品。

不明就裡的訪客會覺得柯林和別人家的男孩子沒兩樣，房間一團亂，但別被外表及柯林說的話騙了，那只是假象，真相其實藏在細節。所有東西皆分門別類、井井有條的堆放在地上，搞得清楚規則的只有柯林自己。譬如，從老舊微波爐拔下來的磁控管擺在介紹有袋動物的書籍以及幾本過期的《新英格蘭醫學雜誌》上，即使費雪夫婦也猜不透這三者之間的關聯。

柯林衣服溼答答的站在書桌前那幾堆東西之間，毛巾披在肩上，兩眼直盯一張畫滿人臉圖的紙，臉龐代表各種情緒，還有對應的形容詞。像這樣的紙有一疊，是柯林了解人類社交意圖的指南。此時，他仔細看著各種想像得到的笑臉。

突然間，傳來運動鞋踩在硬木地板上的聲音，引起柯林注意。由那特殊的嘰嘎聲及腳步聲判斷，他很清楚對方是誰，於是抬頭說：

「哈囉，丹尼，你好嗎？」

丹尼出生時柯林才三歲，他和多數小孩一樣期待弟弟（或妹妹）的到來，但表達情感的方式卻和多數小孩不同——他要爸爸將《懷孕知識百科》從頭到尾念一遍，同時還提出許多尖銳問題，像是媽媽的狀況、飲食習慣及身體健康等等，更跟著去醫院，看醫生用超音波檢查嬰兒性別。柯林對各種與媽媽、寶寶有關的事情充滿熱情，還因為不能進產房而大哭。他的視線幾乎都放在剛出生的丹尼身上，不但畫畫記錄，還在弟弟滿週歲前夕送給爸媽一個檔案夾，標題是「我們所認識的丹尼」。此外，柯林第一本筆記所記錄的第一件事情就和丹尼有關：

我有個弟弟，叫丹尼。他很愛笑。媽媽說，丹尼很開心，
因為他有個很愛他的哥哥。
繼續調查。

丹尼沒有回應，因為他知道這只是柯林的社會腳本[2]，面對哥哥這樣強迫性又機械式的互動風格，丹尼毫不掩飾內心的不悅。「是不是有人帶你的頭到廁所玩了一大圈啊？」丹尼說：「就是那個清馬桶的遊戲啊，我說中了吧？」

「我的行為治療師瑪莉說：『小孩懼怕異類，欺負這些人能使他們獲得安全感。』」柯林將瑪莉說的話字字不漏的重述一次。

「你不是異類，」丹尼抗議似的回答：「只是被當成嘉年華的餘興節目。」

屋外傳來柴油引擎放慢、熄火的聲音，最後是一陣輕柔的煙氣嘶

噺聲。費雪太太在樓下大喊：「丹尼，校車來了！動作快，我可不打算開車載你上學！」

柯林仔細看丹尼的表情變化，惹來十一歲的弟弟懇求道：「你可以不要這樣嗎？」說完便往樓下跑。接著，柯林面無表情的將視線轉回那疊畫滿人臉的紙，試圖從中找出與丹尼表情相符的圖像。

最後，柯林停在名為**害怕**的人臉上，手指還壓著那張臉緊皺的眉毛。

費雪先生開車送柯林到學校，一路上兩人都沒開口。

柯林身穿新牛仔褲及款式簡單的酒紅色T恤，而準備上班工作的費雪先生則衣裝筆挺，穿著藍色牛津紡扣領襯衫搭配價值二十美元的棉質領帶以及卡其褲，襯衫口袋還夾著太空總署噴氣推進實驗室識別

2 譯注：Social script，在社會團體中，如果我們被定位為某種角色，便會表現出該角色應有的舉止。

證，上頭注明「資深分析員麥可．費雪」，識別證照片中的費雪先生開心的微笑，讓柯林也跟著開心，所以柯林很喜歡看這張照片。

但此時此刻，費雪先生可笑不出來，反而緊閉雙唇、不規律的輕敲方向盤。柯林面向窗外看著一一八號上匝道的車陣，這些車規規矩矩的左右穿插，完全體現自我組織的概念。後來，有一名邊駕駛運動休旅車邊講電話的女性破壞了這份規律，她的自私引發一團混亂。違反社會秩序的小事情竟然導致整個系統失去平衡，柯林覺得非常有趣。

費雪先生受夠了沉默，認為柯林根本不打算主動解釋，於是開口說：「你準備講了嗎？還是要我來猜？」

沒回應。

後來，柯林回道：「你有個重要的會議得參加。」

答非所問。

「今天是開學日，」費雪先生曉得柯林很會改變話題，但這次堅持不再退讓：「你卻連教室都到不了。還是你們的教室是游泳池？」

「你的襯衫熨得好筆挺，」柯林表示：「只有參加重要會議時才會這麼做。」

這是事實，但與目前的話題無關。「那很嚇人，這我知道，但我是男子漢，很清楚要怎麼處理。」

「你在敲方向盤，表示等一下得和平常不會碰到的人見面，還要回答一些問題。」

費雪先生停下動作並瞄了瞄雙手。柯林說什麼就是什麼，事實上，他的推測幾乎沒失過準。「真是抱歉啊，要你自己一個人上學，但現實社會就是這樣運作的。」

柯林終於把臉轉向父親，他什麼都了解。「你待會兒要見主管。是計畫審查會議。又為了預算問題？」

「真可惜，要是改變話題是門生意，你絕對能賺進大把鈔票。」費雪先生邊說邊將車停進西谷高中停車場：「我不打算逼你開口，只想讓你知道我願意當你的聽眾。」

「你現在就在聽我講話啊。」

費雪先生拿柯林沒輒，只能嘆氣。接著，他舉起手並且張開手指。

「飛機要著地囉。」這動作是個預告，讓柯林曉得有人要碰觸他。柯林不喜歡肢體接觸，連父母也不能對他這麼做，然而，如果事前先告知，他還是會勉為其難接受，因為他約略曉得人類有碰觸彼此的需求，這書上有講。

柯林作好心理準備，讓費雪先生輕拍肩膀。「上學愉快。」

柯林默默點頭然後下車。看著他垂頭喪氣的踏出沉重的步伐，費雪先生先是擔憂，接著又覺得無奈[3]，因為不管怎樣，未來四年裡，這孩子每天都得獨自待在學校八小時。

走廊上到處是學生及教職員，聽見第一堂課的鐘聲後全推來擠去趕著要上課。

斷斷續續的鐘聲既尖銳又刺耳，敲醒柯林心中的畏怯。他三年前第一次聽見校鐘聲，當時被那陣突如其來的雜亂聲響嚇得放聲大叫，直到鐘聲停止才住口。後來，柯林費盡時間與努力學會控制自己的反應，現在，他靠在心中慢慢數數字來消除鐘聲的影響。

鐘聲在數到「三」時停止。柯林深吸一口氣……接著，轉角傳來熟悉的聲音，令柯林再次繃緊神經，那和鐘聲一樣糟糕的聲音來自韋恩・柯納利。

「艾迪的頭撞上牆壁囉。」某種沉重的東西與水泥相撞，發出像哈密瓜掉到人行道上的那種柔軟撞擊聲，只是眼前的情景比較暴力。好奇心驅使下，柯林偷偷躲在轉角，翻開筆記本、用綠色原子筆記錄看到的狀況：

---

3 英文empathy（同理心）一字雖然看起來像是古代人創造的詞，但其實起源於西元一九〇九年，當時，有位英國作家想從希臘語中找出一個與德語*einfühlung*（直譯：移情）相對應的字。後來，心理學家將empathy細分成諸多不同的狀況，文中費雪先生看見柯林如此苦惱，心中產生一份名為情感性同理心（affective empathy）的情緒，柯林和這種感受絕緣，但他會對人產生認知性同理心（cognitive empathy），意即透過理性認知對方的苦楚。

韋恩・柯納利和艾迪・馬汀在打架。雙方拉扯中。艾迪上半身穿美式足球球衣搭白色T恤，下半身套了件藍色牛仔褲，腳穿高統鞋。兩個同樣穿美式足球球衣的男孩在旁邊觀看。他們是史丹及古柏。史丹有大大的門牙縫，古柏身材十分精壯，兩人的個頭都很高（美式足球隊的人都很高嗎？還有，玩美式足球的人通常渾身肌肉，古柏的身材卻不是這麼回事，他是踢球員嗎？繼續調查）。史丹和古柏沒有出手幫忙。

被壓在牆上的艾迪試圖推開韋恩，但徒勞無功。他用力吞嚥口水，心裡嚇得要死。艾迪的朋友，史丹（大門牙縫的那個）及古柏（身材精壯的那個）看看彼此、點點頭，然後上前搭救。

韋恩轉頭咆哮道：「退後！不然我一腳踹一個！」

柯林揚起眉頭數了數，三個男孩、兩條腿，這可奇怪了。

韋恩·柯納利很可能是數學零蛋。繼續調查。

史丹及古柏似乎沒想到這點，但很清楚韋恩話中含意，於是被韋恩瞪得完全不敢動。最後，艾迪又被推撞到牆上，然後才得以逃脫。那情景簡直是抱頭鼠竄。

走廊上，艾迪發現四周的人全盯著他看，他鎮靜下來，叫道：「對啦，快滾吧，魯蛇！」他邊說還邊將身上那件藍金相間的聖母大學籃球隊外套脫下來，丟進置物櫃內。韋恩沒有回頭。

珊迪·萊恩出現在人群中，她抱住艾迪，推開史丹及古柏，艾迪的朋友們紛紛為她開道。古柏嘆了口氣，似乎有點**憤怒**，史丹則盯著珊迪的身材看，臉上還掛著令柯林不知如何歸類的淺笑。艾迪倒沒有歸類困難——他怒視史丹，警告他別侵犯自己的地盤，這反應十分原始，即使柯林只是小嬰兒、就算從未歸類過這種表情，依舊一看就懂。

珊迪・萊恩與艾迪在談戀愛。或許是乳房發育等第二性徵的結果。繼續調查。

從小到大，一提起珊迪，柯林便會想到金髮、碧眼與一雙細瘦的長腿，此時，穿著一年級啦啦隊隊長制服的珊迪真是迷人。「艾迪，」她輕柔的聲音似乎緩和了艾迪的呼吸：「你何必浪費氣力在韋恩・柯納利那個魯蛇身上？」

柯林邊記錄邊想，意思是艾迪是「勝利組」？是的話，他勝利在哪？因為太過專注，以致柯林毫無防備的遭史丹撞進置物櫃裡。他猛然感覺到牙齒互撞、被撞破的金屬櫃門稍稍凹掉、最後身體被塞進櫃子裡。最重要且最糟糕的是，櫃內充滿史丹衣服發出的汗臭味，那些衣服至少好幾天沒洗了。

意外發生時，柯林的筆記本及綠色原子筆飛落到地上，眼鏡也歪了，一隻鏡腳還在原位，另一隻卻掛在小鼻子上，感覺隨時會掉。

「那麼擔心自己的小男朋友就跟他走啊。」史丹罵道：「怪咖。」口氣穿過門牙牙縫發出嘶嘶聲。

柯林戴好眼鏡，同時覺得肚子、胸口及喉嚨都在燃燒，得繃緊全身來壓抑。但他很清楚，如果那股火繼續燒下去，恐怕無法收拾，會爆發出來。當柯林深呼吸時……

「喂，史丹！」有個女孩開口招呼，聲音輕柔而清晰，令人心情舒暢。柯林喜歡這聲音，因為那撫平他的情緒。開口的是梅莉莎·葛立兒。

在柯林眼中，梅莉莎是個頂著灰褐色鳥窩頭的瘦女孩，她滿臉青春痘、嚇人的金屬牙套一笑可見。過去這幾年來，柯林注意到大家皆與梅莉莎保持距離、集體排擠她。下課時、午餐後，她總獨自待在遊樂場角落，紅著臉哭泣。柯林見了不會開口攀談，也不問她為何悲傷，只會與她肩並肩坐在地上，將雙腿彎到胸口，想著腳底下那片青草摸起來好清涼。

說到梅莉莎，柯林曾在筆記中寫道。

梅莉莎・葛立兒：讀過許多書、數學很好。非常有趣。

過了個夏天，梅莉莎也變了個人。柯林發現她的牙套不見了、青春痘消失了，頭髮好像變得很柔順。此外，柯林還注意到其他很有趣的改變。史丹、古柏及艾迪盯著梅莉莎，八成也注意到那些改變，但沒人想得到原因。

「天啊！」史丹的雙眼呆呆的朝梅莉莎上上下下瞧。

梅莉莎不求任何人認可，那個在遊樂場哭泣的女孩早已消失。她先朝柯林點點頭，接著毫不畏懼的踏進史丹的私人空間。她臉上那抹微笑十分罕見，值得記錄下來。有個念頭在柯林心中閃過，要是有帶速查表或相機在身上就好了，因為那樣特別的笑容一時難以歸類。

「去其他地方做你的男男春夢吧。」梅莉莎說。

史丹茫然看著她說：「我的什麼？」

柯林戴好眼鏡，幫忙解釋道：「她覺得你性向認同混淆。你那麼愛打人，其實是想掩飾自己愛男生這件事情。」

史丹氣得直瞪柯林，但還沒回嘴就被艾迪一把抓住肩膀。艾迪看起來好疲憊，感覺剛剛那場架使他老了好幾歲。他說：「史丹，五分鐘內到舉重室。」

史丹點點頭，稍稍向後退。他斜眼看著梅莉莎說道：「妳變漂亮了。記得打電話給我。」說完便和其他兩人及珊迪一齊離開走廊。

「我整個夏天都在想你耶。」梅莉莎這麼說時，柯林正忙著彎腰撿筆記本和原子筆，他小心拍掉灰塵，然後從口袋裡抽出一張舊舊爛爛的速查表，上頭的墨水字跡已褪色，只剩一堆深色灰點，七年來開開摺摺也使摺痕處變得易裂。柯林迅速翻查，視線還不斷在圖像及梅莉莎之間來回。最後，他終於找到符合的圖像，並且想像自己在梅莉莎頭頂上寫下**喜悅**二字。「想不到你上學不用影子陪了。」

「我不用影子陪，瑪莉來這裡只會讓我分心。」柯林答道。

所謂「影子」是指跟在柯林身邊、幫忙處理意想不到、危險或者麻煩狀況的人。瑪莉是柯林的影子，雖然常罵柯林盯著她的胸部看，柯林其實很喜歡她。但現在，柯林上了高中，瑪莉便離開了。

梅莉莎雖然點頭回應，但不確定柯林說的是對是錯。

「妳的乳房變大了。」柯林正經的說。梅莉莎滿臉通紅，還乾笑了幾聲。儘管已經對柯林的言行舉止見怪不怪，她至今仍不知如何招架。柯林又看了看速查表。**害羞**。他大聲說出口，邊講還邊把梅莉莎頭上的**喜悅**換成**害羞**。「別害羞，乳房發育是青春期荷爾蒙增加的結果，那很正常。有趣的是，乳房並非以等速度發育……」

「柯林啊。」

「有些環境因素會加速發育，所以基因並不是唯一關鍵。比方說，如果妳的媽媽……」

「柯林，請不要再說下去了。」梅莉莎打岔道。

柯林閉嘴靜待梅莉莎回應。瑪莉時常如此提醒，人們有時會想與他一同討論某項話題、分享有趣的發現或者插個話。

「你說的……我都知道。」她表示。

「喔。」

「所以……」梅莉莎說。**所以**是贅詞，常用來當作緩衝，讓說話者有時間想出與當下情況相關的回應。柯林甚少使用贅詞。

「嗯。」

梅莉莎一把抽走柯林的筆記本，掏出筆在翻到的第一面空白頁寫了些東西。柯林因她的舉動而驚恐不已，但並未出手阻止。

她說：「有需要就打手機給我，什麼事都行，好嗎？」

梅莉莎歸還筆記本，上頭可見一組十位數字，這令柯林無法置信，於是說：「妳在我筆記本上面寫字。」

她笑了。鐘聲再次響起，柯林數到三。「再見囉。」梅莉莎說完便直奔教室。走廊上的人愈來愈少，最後只剩下柯林，他拿著筆記本，直盯寫有手機號碼那頁。

柯林嘆道：「她毀了我的筆記本。」

第三章　嚇阻

關於囚徒的兩難，我有件事還沒提，那就是，其實這命題來自探討競爭性決策判斷的賽局理論。

囚徒的兩難是場「零和遊戲」，如果所有參與者皆選擇正確策略，那大家都能獲得相同的報酬。一九五〇年，兩名任職於美國官方智庫「蘭德公司」的數學家提出此概念，但他們意不在分析囚犯行為，而是研究戰爭，尤其是核戰及防止之道。

有趣的是，囚徒的兩難乍聽之下十分不合邏輯。唯有雙方皆選擇合作，合作才能帶來報酬，否則，後果將是懲罰。只要這兩名囚徒清楚對方會下什麼決定、曉得大多數的人寧願小賺也不要大賠，那麼，這問題便很好解決。

但賽局理論可不是這麼玩的，你永遠不知道對方會怎麼做，因此只能希望他的抉擇夠明智，這叫「嚇阻」，意思是說，雙方在清楚彼此都想存活的前提下，自然不傾向選擇有巨大負面結果的危險選項。

至於相反狀況，它也有個名稱，叫「相互保證毀滅」。

學校所有科目中，柯林最愛數學。

柯林和同學不一樣，他清楚數學的優點、曉得計算下午三點從芝加哥往東出發及下午四點從紐約往西出發的火車幾點經過很有用。問題的答案不重要，重要的是計算，因為人們透過計算了解火車，而柯林非常喜歡火車、願意探索所有相關的事[1]。

學習某樣東西就是熟悉那樣東西，而熟悉那樣東西就是理解那樣東西，理解那樣東西就可以無所畏懼。對柯林來說，萬事皆如此。

因此，不管頭髮斑白的代數老師說什麼、在黑板寫什麼，柯林皆興味盎然的抄下。例如單位矩陣，蓋茲老師伸出沾滿粉筆灰的彎曲食指，指著大家問道：

「有誰知道單位矩陣的特性嗎？」

柯林知道，所以把手舉得老高，希望老師叫他回答，但事與願違。

蓋茲老師注意到柯林的認真拚勁，卻沒有回應，只表示：「謝謝你，費雪同學，但我想看看其他同學是否講得出答案。」

教室內傳出此起彼落的輕笑，其中以坐在後頭的魯道夫·穆爾笑得最大聲。在點名簿上，這個男孩叫魯道夫·塔爾博特·穆爾。

柯林認為魯道夫是個棘手的傢伙，因為他從來沒辦法從速查表中

---

1 此問題運用了基礎代數。如果想找出時間X，我們得知道距離及速度，然後算出等式兩邊的數值。問題重點不在這兩列火車的離站時間，而是出發地及目的地之間的距離。想得到答案其實很簡單，只要考量火車速度及距離加以計算便可。柯林曾在父母面前示範過，他將兩列玩具火車放在軌道上，精確預測它們相撞的時間。費雪先生對柯林的數學能力印象深刻，但不懂他為何非得把最愛的玩具火車撞壞。

找出與魯道夫表情相對應的臉。魯道夫的眼睛及嘴巴非常不協調，雙眼永遠動也不動，彷彿他毫無感覺，只是運動臉部肌肉來概略表達人類的情緒。柯林覺得魯道夫像鯊魚，尤其是笑的時候。

柯林還針對魯道夫的性格記下精確的個人評論：

魯道夫・穆爾：聰明。危險。避開他。

蓋茲老師幾近吼叫的喊道：「誰會啊？」

柯林以為那是老師的暗示，於是再次將手舉得高高地。

「拜託，誰願意試試看？」

柯林以為老師沒看見，因此揮手想吸引他的注意。

蓋茲老師靜止不動，彷彿正默默計算、推導問題的答案，最後他說：「就柯林吧。」

柯林站起身正要開口，此時教室後頭傳來刺耳的手機鈴聲，吵得柯林閉緊嘴巴、默數到三。

蓋茲老師瞪著所有同學說：「不管是誰的，快關掉，不然我要沒收了。」

鈴聲驟然停止，老師又花了些時間確認干擾已經排除，才朝柯林點頭示意：「回答吧。」

柯林再度開口，但這次有手機響起一首曲子，是〈一八一二序曲〉。於是他又開始數數、深呼吸。

「關掉。」蓋茲老師罵道：「這是最後一次警告。」

音樂停止了。周遭同學或笑或低語，令柯林無法專心。真是令人洩氣。他的心臟在胸口噗通噗通跳，額頭滿是冷汗，體內那股火又燒起來了，而且愈燒愈旺。

柯林逼自己說出答案：「單位矩陣是……」

接下的回答被刺耳的聲音蓋過，又是手機，聲音又大又刺耳，完全沒有停下來的意思。那既非音樂也非鈴聲，不是什麼令人愉悅的東西，就只是噪音。

柯林摀住耳朵隔絕噪音，隱約注意到蓋茲老師衝下台來。他愈摀愈緊，同學的嘲笑聲及目光令他氣喘吁吁，而老師還找不到聲音從哪冒出來。這一切已超過柯林所能負荷，因此他決定做唯一能蓋過噪音的事情。

柯林像狗般不斷吼叫，還愈叫愈大聲，他沒發現蓋茲老師已經找出那隻惱人的手機、將它關掉，沒察覺自己成為同學目光的焦點，也沒注意到魯道夫·穆爾咧嘴低笑、同時露出鯊魚般的牙齒及毫無感情的雙眼。

最重要的是，他沒意識到自己摀著耳朵縮在地上吼叫，蓋茲老師找校務人員來幫忙時仍不停歇。

這是柯林第二次見鐸蘭博士，她是這所高中的校長。

兩人首次見面是在開學三個禮拜前，費雪一家三口來找校長，討論柯林的特殊需求，尤其瑪莉日後將不會陪在身邊。鐸蘭校長剛接管西谷高中不久，正準備在此施行新理念。她對柯林的狀況很有興趣，且再三保證，在「回歸主流」[2]方針下，柯林的需求最重要，即使造成教職員不便也沒關係。

會談中，費雪太太講最多話，費雪先生問最多問題，柯林則沒張過半次嘴，反而花一小時觀察校長辦公室，將眼前所有東西仔細看一回。

柯林於筆記本中寫道：

鐸蘭校長的辦公室：乾淨、整齊。有許多關於教育及兒童心理學的書，書中夾著便利貼，筆記寫在上面。還看得到討論管理及組織政治的書，全是平裝版，也全被翻爛了。她喜歡閱讀。辦公桌上有校長和家人的照片。其中一張是校長微笑站在一個男人和一個小男孩旁邊，那男孩大概三歲——是丈夫和兒子嗎？

2 譯注：指讓特殊兒童與正常兒童共同相處、學習並從旁給予特殊輔助。

這顯然是十年前的照片。近照沒有小男孩，只有校長跟那個男人，而且校長不笑了。

柯林只對校長說了七個字，還特地留到會談結束才講：「鐸蘭校長，請節哀。」

再度來到校長面前，柯林又默默無語，鐸蘭校長坐在椅子上，兩手指尖搭在一起，看起來好像一座塔，塔頂上方則是她的銳利視線。蓋茲老師找到的手機被放在辦公桌上。柯林看著自己的腳。

「我知道這不是你的錯。」鐸蘭校長心平氣和的說：「但你得為自己處理情緒的方式負責，明白嗎？」

柯林點點頭。他沒開口解釋，因為根本就沒什麼好解釋的。

「以後，要是同樣的事情再發生，就向老師說你需要離開教室。如果你喜歡，也可以來我這裡，待到心情平復為止。」

柯林抬起頭問：「老師如果說『不行』怎麼辦？」

「你的老師不會說這種話的。」校長是認真的，這柯林看得出來，他信任她。

「我再講清楚點。」校長接著說：「今後要是發生同樣的狀況，我會把你當一般學生處理，明白嗎？」

柯林再度點頭。

「你可以離開了。」

柯林站起身，斜背背包，轉身離去，卻在門口打住，回頭面對鐸蘭校長。

「還有什麼事？」

他指著手機說：「您知道手機主人是誰嗎？」

「還不曉得，但很快就會水落石出。」

柯林搖頭道：「不可能的。手機能借我看一下嗎？」

鐸蘭校長皺皺鼻子，然後將手機遞給柯林，他檢查過已接來電後告訴校長：「注意到了嗎？這支手機只接收過兩通電話，而且都沒顯示號碼。」

鐸蘭校長站起來想看清楚手機內容。柯林翻查手機各項資料：「沒有未接來電，沒有已撥號碼，沒有通訊錄，沒有手機主人的基本資料，只有配好的區碼及手機號碼。您不覺得奇怪嗎？」

「這是支新手機。」校長如此表示。

「沒錯。」柯林同意道。

他撕開手機螢幕的塑膠膜說：「新到連拆封都不完全，但怪的不是這個。」柯林翻到手機背面，指頭摸來摸去：「看看這些刮痕，一定是更換SIM卡造成的。」

柯林的背包內有工具包（調查員的最佳伙伴），他從裡頭拿出小螺絲起子，撬開手機背蓋。鐸蘭校長將身子拉得更近，好觀看柯林如何鑑識分析，撇開校長身分，其實她覺得調查行動很有趣。

薄薄的背蓋被撬開了，柯林取出SIM卡說：「這是預付卡，我們沒辦法靠它查出手機主人的身分。」

「那原本的SIM卡在哪裡？」

「在手機主人身上。」

「你說我們找不出那個人？」

「我是說，光靠這張預付卡沒辦法查出主人身分。」

鐸蘭校長用手指敲打辦公桌，頭略略前傾。柯林正朝著某處前進——那是他的遊戲，但她樂意奉陪（至少現在是如此）。

「這支手機要三百美元。」柯林繼續推理：「我之所以知道，是因為媽媽本來打算買一支給我，但爸爸說他死也不要花那麼多錢買東西來讓我弄丟。這支手機的主人不但禁得起失去三百美元，還知道怎麼換SIM卡，且很有先見之明的將手機藏在蓋茲老師無法馬上找到的地方。我們的對手實在聰明、機智又狡猾。」

「我們的對手？」鐸蘭校長略帶疑心的重覆道。

「沒錯，」柯林如此回答：「這擺明針對我。手機鈴聲會干擾上課是常識，但沒必要為這種事花三百美元。對方很了解我，曉得我會怎麼反應，所以八成是我國中同學。這樣一來，我們可以排除許多人。」他將SIM卡裝回去，然後把手機還給校長。

「好吧，講重點，」鐸蘭校長催促道：「那個人是誰？我馬上將他退學，讓他以為自己還在放暑假。」

「處罰不了他的，」柯林皺著眉頭說：「我們的對手太聰明了。」

「柯林，你只要把名字說出來就好。」鐸蘭校長表示。

「魯道夫．塔爾博特．穆爾。」柯林直截了當的回答。

「你知道魯道夫．穆爾為什麼花這麼多錢、惹這麼多麻煩，就為了看你像狗一樣吼叫嗎？只是為了好玩？」

柯林搖搖頭，然後調整一下眼鏡說：「他選的鈴聲是要給我的訊息，〈一八一二序曲〉，代表宣戰。」

「好吧，那為什麼要宣戰？」

「我猜跟『說話玩偶怪事件』有關。」

「說話玩偶有什麼奇怪？」

「那個玩偶會像狗一樣叫。」

「這樣啊。」

「我可以走了嗎？」

鐸蘭校長點頭同意，柯林便直接離開辦公室，沒再多說半句話。

離開辦公室往教室走到第三十九步時，柯林撞見珊迪・萊恩站在艾迪・馬汀的置物櫃前。她正好打開櫃門，伸手拿出聖母大學籃球隊外套披在肩膀上。柯林皺著眉翻開筆記本——他是否目睹一場正在進行中的犯罪行動？珊迪會笨到以為自己不會被抓到嗎？

上午十點十五分。珊迪・萊恩在艾迪的置物櫃前。她是小偷嗎？還是跟艾迪的感情已經好到像在同居且財產共有了？

看來珊迪沒注意到柯林，她只是呆立在艾迪的置物櫃前。柯林偷偷靠近，彷彿觀鳥人想就近欣賞珊迪這隻羞怯的麻雀。就在他準備更深入記錄青少年感情互動時，有人打開校門走進來，那熟悉的沉重腳步聲，來自韋恩・柯納利。

韋恩走近，正午陽光照射下，他的身影印在大前門上。一道涼風吹入走廊，讓柯林發現韋恩身後的門沒關好。原來韋恩剛在外面，柯林再次將視線移回筆記本。他把珊迪的事忘得一乾二淨，沒聽見櫃門被甩上的金屬碰撞聲，也沒聽見珊迪匆忙跑走時，網球鞋底摩擦磁磚斷斷續續發出的吱嘎聲。柯林皺著眉想韋恩的事，心裡覺得奇怪。

韋恩。第三節課。從外面進來。非常可疑。繼續調查。

韋恩停下腳步，兩眼直盯柯林。眼神交會之下，柯林發現這個平常老是欺負他的人臉上竟然沒有**惡意**只有**猶豫**。

柯林闔上筆記、收好筆，踏出第四十三步時，韋恩開口了。

「你要去哪？」他問道。

柯林轉過身，同時提醒自己走了多少步。「哈囉，韋恩，我要去上代數課。老師剛剛教單位矩陣，感覺很有趣，但是我沒有上到。」

柯林又看了一眼韋恩背後那個陽光普照的空曠停車場，接著便繼續往教室走。他討厭錯過有趣的事物，尤其是數學。

第四章　庫勒雪夫效應

爸媽說我面無表情，實在難捉摸，但我天生如此，並非故意。爸爸笑說，我這樣是在「打安全牌」，但這並非事實，因為不管有沒有在打牌或玩其他遊戲，我的臉都這樣。

不過，結果顯示，人類最難解讀的表情其實是面無表情，早在將近一百年前便有俄國導演證實過。一九一七年俄國革命後，電影膠卷在莫斯科十分難取得，因此原本被廢棄的零碎膠卷也被拿來製作電影。有位導演就用這種膠卷示範剪接如何左右人的情感。

首先，導演要一名演員臉上保持自然，不要流露任何情緒，之後，他在這段影片後頭加上烤雞的畫面，結果觀眾看了便說：「你看，這個人好像很餓。」

當導演將烤雞的畫面換成棺木時，觀眾覺得演員其實很哀傷。而如果換成美女，他們就說演員在思念愛人。

結束實驗後，導演將以上這種情形稱作「庫勒雪夫效應」，意即，面無表情的人心裡在想什麼只能靠狀況來解讀。

柯林還沒進入體育館便先聞到裡頭的氣味，汗臭、霉臭加上男生更衣室內某個漏水馬桶散發出的淡淡尿臭，這些味道連清潔劑的刺鼻松香也掩蓋不住。柯林試著改用嘴巴呼吸，卻發現這樣反而像在嘗清潔劑的味道，味覺及嗅覺總有一個得受苦，真是不幸。

不過，輕步走在空蕩蕩的體育館時，柯林將精神全放在聽覺上。他聽見有東西摩擦硬木地板的聲音，原來有個瘦瘦高高的老師拖著一大網籃球。

「是圖任廷老師嗎？」柯林的問句在體育館內迴盪，回音很是冷硬。老師抬起頭，灰色眼睛與柯林的藍色雙眸交會。柯林細細觀察老師那兩撇粗硬得令人印象深刻的八字鬍，心裡聯想到西部牛仔默劇裡的壞人和蘇聯獨裁者史達林。

「你太早到了，」圖任廷老師表示：「而且還穿那雙鞋來刮我的地板。」他指了指柯林腳下的黑色皮鞋，鞋帶打了兩個結，以防鬆脫，「真不是好開始。」

柯林遞出一張小心摺妥的紙條，上頭有費雪夫婦的留言，柯林希望能靠它不上體育課。老師看了看內容，然後再讀一次，臉上毫無表情。

「亞斯伯格症候群。」他緩慢而正確的念出這幾個字。大多數人總把「亞斯伯格」念成「屁股漢堡」[1]（丹尼老愛拿這個來嘲笑柯林，還當成柯林的綽號，每次都得等媽媽制止才罷休），但圖任廷老師把這個該用奧地利德文發音的字念得很標準。

「這是什麼鬼？」

[1] 譯注：亞斯伯格的原文為Asperger，發音一出錯便成ass-burger，也就是「屁股漢堡」。

「是一種與自閉症有關的神經性疾病。」柯林耐心解釋：「一九四三年，住在奧地利維也納的小兒科醫師漢斯・亞斯伯格是第一個發現的人，但當時還沒什麼人知道，要到……」

「自閉症啊，」圖任廷老師插嘴問道：「像雨人[2]那樣嗎？可是你看起來不像啊，你是雨人嗎？」

「醫生說我屬於高功能自閉症，但我的社交技巧差、感覺統合能力也有問題，因此肢體動作非常不協調。」

圖任廷老師的鬍子稍稍動了一下，那表示他對柯林的說詞感到厭惡嗎？還是他聽不懂？柯林決定講明一點：「所以爸媽和醫生都要我別上體育課。」

圖任廷老師依舊面無表情的靜靜站著，彷彿變成石頭了。最後，他語氣平和、用字精確的回答：「我不答應。」

一向說話平穩的柯林因為吃驚而提高聲調：「可是紙條清楚解釋……」

「我不是文盲，知道紙條寫什麼。」圖任廷老師表示：「可是，如果我讓所有肢體動作不協調的人翹掉體育課，那我會很孤單耶。柯林，你希望看到我孤孤單單的嗎？」

「你很孤單？」

他的鬍子又動了。「我猜你以為靠這張紙條就不用上體育課，所以沒帶體育服來學校。」

柯林點點頭，心中十分佩服他的推斷能力。此時，圖任廷老師轉身朝體育館另一頭的辦公室快步走去，還對柯林說：「跟我來。我們看看失物招領區有沒有你可以穿的體育服。」

柯林呆住了。「這些衣服有人造纖維嗎？」

「這些都是圖任廷家品質最好的衣服。」

---

[2]《雨人》（*Rain Man*）為一九八八年上映的知名電影。達斯汀．霍夫曼（Dustin Hoffman）於劇中飾演患有自閉症的男子，他擁有專家般的計算能力及許多怪癖，臉部還常出現怪表情。該片獲得多座奧斯卡獎，其中包括最佳影片獎。不過，柯林覺得怪怪的，一九八八年最佳影片應該是布魯斯．威利主演的《終極警探》才對，雖然整部片鬧哄哄的，但劇情很棒。

柯林希望能放下心，但他懷疑老師是在開玩笑——而倒楣的是他。

十二分半鐘過後，柯林走進西谷高中那座柏油鋪成的籃球場。此時，聖佛南多谷的正午驕陽照在他身上，帶來高漠[3]特有的炙熱。

柯林獨自在辦公室更衣，他在一堆不要的衣服中翻來翻去，想找出比較乾淨且棉料成分最多的。但事與願違，圖任廷家品質最好的體育服仍包含合成纖維，扎得他好不舒服。柯林還不時聞到衣服散發出酸臭味，這些汗臭的主人現在早就上大學或者進入職場了吧。

姑且不論體育服造成的身體不適，其實柯林一直都不喜歡體育課及遊樂場，除了得要與人過度接觸、聞惱人臭味、忍受吵到近似動物嚎叫的喧鬧聲外，他還認為自己的肢體不大協調。不會投球、沒法接球，唯一有天分且能玩得盡興（除了在跳床上彈跳）的運動是跑步。柯林第一次跑步便愛上這運動，當時他閉著眼睛，感受微風吹拂臉龐、肢體不斷動作、肌膚上的汗水迅速蒸發，跑步讓柯林有機會獨處，使他覺得自己真真切切的活著。

高中體育課似乎比以往更具壓力，許多男孩此時發育成高高壯壯的巨人，好像一不小心就能壓扁瘦小的柯林。場邊的柯林躊躇不已，深呼吸三次後才勇敢向前。

男同學排成兩排，輪流從罰球線投球。大家動作流暢的接球、傳給下一位同學，然後跑至隊伍尾端，整個練習是無止境的運球、射籃、慢跑。場上充滿籃球彈跳的沉悶聲響，伴隨圖任廷老師咆哮著下指示。儘管場內鬧哄哄，他的指示仍能輕易傳至學生耳裡。

「伊巴拉，腳超線。」

「麥基，動作流暢一點。」

「不要像老女人一樣聊天，快排到隊伍後面去。」

柯林身穿骯髒的藍色聚脂纖維運動褲及印有日本卡通無嘴貓的T

---

[3] 譯注：高漠（high desert）指美國南加州靠近聖加百列山（San Gabriel Mountains）一帶。

恤，他排在隊伍中，動作僵硬的向前進。快輪到他時，突然傳來熟悉的刺耳笑聲，似乎是史丹，果然，艾迪、史丹和古柏正準備要射球。柯林感覺好像自己是被嘲笑的對象，於是注視艾迪，想弄清楚笑的原因。

接著，他低頭專心呼吸，雖然身邊有其他學生，但他仍大口吸氣、吐氣。

輪到自己時，柯林抬起頭，正巧看到球被艾迪丟過來，柯林沒接球反而把它拍開，發現自己做錯時才趕忙去追滾到隔壁球場的球。

「小巴士，快去撿回來。」史丹說完，笑得更大聲了。

「小巴士」指的是穿梭在聖佛南多谷西北區的小型黃色巴士，主要接送身障兒童上下學。柯林沒搭過這種巴士，但艾迪在六年級時給他取了這個綽號，從此甩也甩不掉。

柯林對周遭竊笑聲充耳不聞，只是撿起球再歸回原位。他運了次球，然後舉起手臂射球，可是丟得太大力，球從籃板上方三十公分處飛過。發生這種大失誤，場上同學全笑了，笑聲從四面八方而來，吵到讓柯林覺得不舒服。聽到笑聲後，圖任廷老師轉頭探看發生什麼事，結果看見柯林堅定的跑到棒球場邊撿球。

他的鬍子動了一下。「好了，同學們，繼續練習。」他對三排正在練習投籃的學生說：「五分鐘後開始跑籃球場，接著練傳球，最後再做冷身運動。」

當下時間彷彿凍結，笑聲驟然消失，運球、射籃和竊竊私語也全停止了。柯林環顧四周，發現同學們全服從於老師的權威，這真是史無前例的一刻，要是筆記本在手邊就好了。接著，學生又開始運球、射籃、移位及聊廢話，場上再次充滿各種聲音。柯林發現圖任廷老師走近，還花了些時間觀察他那輕快的步伐——老師的腳真的踏到地面了嗎？

「費雪同學，過來。」圖任廷老師指著一座空蕩蕩的球場。柯林小心走近，見到老師拿球站在面前，令他有些害怕。柯林離球很近，近到能看見球體表面的顆粒，那好像人類的指紋。他想算算一平方吋內有多少顆粒，以此推估整個表面的顆粒數量，結果還真的數了起來。

「這是拔掉插銷的手榴彈嗎？快爆炸了？」

「不是。」柯林如此回答。瑪莉花了一整個夏天教柯林如何辨別一般問句及反問句，但他多半分不清，所以覺得認真回答所有問題比較妥當。依目前的情況，他的回應似乎獲得圖任廷認可。

「費雪同學，你很聰明，這不是手榴彈，不會爆炸，所以別嚇得大力丟出去。」

圖任廷稍稍湊近，希望柯林把話聽進去，這是柯林第一次注意到老師左臉頰的小痣，他心想，老師要怎麼刮鬍子才不會傷到那些痣？還沒想出答案就聽見老師彈手指的聲音，要他「站到線上」。

「什麼？」

「我說錯了嗎？還是我太小聲、咳嗽、說得不夠清楚？站到線上。」

柯林很感謝老師把話說清楚，並且乖乖的走到模糊的白線上，然後轉身面向圖任廷。

「想玩籃球只要搞清楚一件事，」圖任廷表示：「上帝很忙，沒辦法在祂的行程表中安排前來這座籃球場的時段，也不可能施展神蹟幫你把球投進三公尺高的籃框裡。」

「不好意思……」

「怎樣？」

「我不相信上帝。」說完，他等著圖任廷老師開口說出一般人的標準回應。柯林一直都是無神論者，這樣的態度源自三年級時解構耶誕老人及牙仙的存在，而他在這方面的看法常招來他人厭惡。

不過，圖任廷老師依舊面無表情的說：「呃，沒關係，因為我相信你。」他站到一旁觀察柯林的姿勢：「胸膛挺起來、手肘放鬆，然後動手射籃。」

圖任廷的聲音很清亮，讓人不敢違逆。他的音量其實不大，就只是剛剛好。柯林猜他沒對人吼過，但以後搞不好會發現自己猜錯了。

圖任廷老師伸手矯正柯林的手肘角度，使柯林本能的縮到一旁。

他小聲說：「請別這樣。」

老師好像沒聽見，但也沒再碰柯林，改成親自示範如何射籃，要柯林跟著做。

「像這樣？」柯林的姿勢和老師一模一樣，畢竟，八年的治療經驗使他能準確執行去哪裡、怎麼做等等指令。

「沒錯。」柯林發現老師的語氣改變了，分析之後認為是**讚賞**或**滿意**，想得到確切答案，就得記錄下來進一步比對研究。

「閉上眼睛。」柯林照做後，圖任廷老師說：「想像籃框在眼前，你們之間有段距離，你把球投進去。你腦海裡浮現這些畫面了嗎？」

柯林眉頭深鎖，眼珠在眼皮底下亂轉，彷彿在做夢。「沒有，我沒投進去。」

圖任廷老師看著柯林閉眼運球，嘴裡念著「沒有」、「不是」、「沒投進」。

柯林驚慌的皺著臉，心中十分希望能先在筆記本上構圖，可筆記本不在手邊，圖任廷老師大概也不可能讓他去拿，於是他決定挑第二好的選擇：他想像筆記本在眼前，在上面繪出這個柏油籃球場的大概模樣，再畫出力圖，羅列影響射籃成功或失敗的各種變數，從人與籃框之間的距離到吹拂過臉上的風力，一切想得到的因素都寫出來。問題參數全列好後，柯林滿意的從想像的筆記本轉換到腦中的三度空間，然後開始試射，從中找出進籃所需要的角度、速率及球體旋轉速度。最後，投球。

「進籃。」話一說完，柯林猛然睜開眼睛。

他毫不猶豫的射籃，雙手托住球丟出去，球在空中形成拋物線，呼一聲鑽過籃框，彷彿是空心球。

柯林眼睛眨呀眨的，不確定剛剛那是真實還是假想，其他等著看笑話的學生則全部目瞪口呆。

「看吧，」圖任廷老師面無表情的說：「就是那樣。你真是籃球天才！把球撿回來再去練習。」

柯林轉身追球，想到某件事又停下腳步，他轉身問圖任廷：「老師，你是神嗎？」

「費雪同學，我不是神，只是賺錢過活的體育老師。」

得到滿意的答案後，柯林邁開步伐到半場線那邊撿球。他把球拿在手中，感受一下重量，接著，測量好籃框的距離後便單手射籃，又是顆空心球。圖任廷老師點頭稱許，其他學生則七嘴八舌的討論起來。中一次是運氣，中兩次就是技術了。

古柏語帶欽佩的說：「小巴士投出漂亮的三分球耶。」

「閉嘴啦。」史丹邊說邊瞪站到隊伍後頭的柯林。

第五章　靈長類動物的行為

關於人類行為的特點，有許多見解是錯的。四年級的時候，佛格森老師曾在班上說，人類是唯一懂得製造及使用工具的動物。當時我反駁說，黑猩猩會拿棍子吸引白蟻、海獺會挑適合的石頭來敲開蛤蜊及鮑魚貝、新克里多尼亞烏鴉甚至會將金屬線弄彎當成鉤子。結果佛格森老師把我調到教室後面的位置，從此不讓我發言。

比起人類特有行為，我更喜歡研究人類與近親（黑猩猩、大猩猩及其他高等靈長類動物）的共同習性。像是面對危險時，大多數的動物會遠離產生巨大聲響、光亮及陌生的事物，但靈長類恰恰相反，甚至還會想知道造成這些現象的原因是什麼。

此外，人類及其他靈長類也是唯一被搔癢時會發笑的動物

——雖然我通常選擇尖叫。

柯林獨自坐在學生餐廳內，背靠牆，面向窗戶及大門。爸爸稱這樣的位置為「槍手座」，因為以前美國西部的槍手喜歡挑這種位置，好觀察周遭是否有危險[1]。柯林完全認同這觀念，但也曉得現代社會碰到槍手的機會實在微乎其微。

雖然選這個位置是要眼觀四面，柯林卻仍低著頭，這麼做是要排開餐具碰撞、學生喧鬧交談等聲音的影響，否則他會受不了。柯林全神貫注的分類媽媽準備的午餐菜色：裡面有椒鹽脆餅、火腿、迷你紅蘿蔔、芹菜梗及一整顆蘋果。帶皮蘋果不會氧化，避免一個早上後整顆蘋果變成咖啡色。

適應噪音的同時，柯林鼓起勇氣抬頭觀察周遭同學。費雪太太暑假租了好多以高中校園為背景的電影，想讓柯林學習如何與高中生互動。但故事劇情不是笨女孩追求貴公子，就是原本不合的人竟然化敵為友，聯手對抗大人的權威管教。柯林看沒多久便失去興趣，只留費雪太太一人邊看邊咕噥著令人費解的話，像是「為什麼最後選的是達奇，而不是布蘭」[2]，不過，這也讓柯林獲得足夠的資料來釐清高中各種團體所扮演的角色。

柯林看著同學，彷彿人類學家在做研究，於筆記本內記下各種人的一舉一動，其中包括書呆子、人氣女學生、運動健將、哥德風愛好者、多愁善感型文青還有舉止最難理解的小混混。當他掃視整個餐廳時，碰巧看到梅莉莎走進來，於是決定停筆。

---

1 柯林想證實爸爸所言不假，但找不到「槍手座」的出處，只能猜測這名詞最早是用在知名牛仔人物瘋狂比爾（Wild Bill Hickock）身上。公共場合中，比爾喜歡坐在最好防守的位置，有一次，他糊塗的坐在酒吧中央，結果就被人槍殺了。

2 譯注：電影《紅粉佳人》（*Pretty in Pink*）之劇情。

孤身一人的梅莉莎臉上掛著微笑，背後的破舊紅背包與國中那個一模一樣。柯林發現許多人都注意到梅莉莎，尤其是男同學。

中午十二點零七分。梅莉莎．葛立兒踏進學生餐廳。其他同學朝她微笑揮手，其中有些學生八年級時沒見過，八成是早上認識的。梅莉莎也笑著揮手，同時朝餐廳中央的桌子走去。這張桌子正上方有塊布條，寫著「各位學生，歡迎光臨」。梅莉莎的朋友艾瑪及艾比也在那裡。桌上有派對用品。今天是梅莉莎的生日。

艾瑪及艾比從咖啡色紙袋中拿出圓形白巧克力蛋糕，上頭除了一層白色糖霜，還有粉紅色糖霜做成的玫瑰，梅莉莎見了開心得直拍手，然後又抬頭看看朋友們。她注意到柯林的視線，於是朝他微微一笑。**友善**。柯林突然覺得體內有股情緒在亂竄，於是他別過頭，重新將心思放到紅蘿蔔上。這時，梅莉莎走過來了。

「哈囉，梅莉莎，妳好嗎？」柯林見她走近便打招呼，更不忘提高每個句子末尾的音調，以表達心中的熱情與喜悅。

「很好啊。」梅莉莎長有雀斑的雪白臉龐變得紅通通，因為那底下的微血管全都膨脹充血了。柯林記得這叫「臉紅」[3]，這種反應只有人類才有，目前仍無充分科學解釋。「要不要一起吃蛋糕？」

柯林盯著梅莉莎天真的臉龐，想直接解讀她的內心想法，但試了六秒便放棄，再度拿出速查表比對。梅莉莎看起來很害羞。柯林靜靜分析。

「不了，我不吃蛋糕。」柯林的回答毫無抑揚頓挫。

「喔。」

認識柯林那麼久，梅莉莎早就對他的粗魯態度習以為常，話雖如

[3] 比起身體其他部位，臉部大小血管相對密集，血流量增多便導致臉紅。某些偽科學種族主義者曾聲稱臉紅僅見於純白種族。但這是謬論，臉紅乃所有人類皆有的情緒生理反應。

此，她仍稍稍皺眉撇嘴。惱怒。

「不要跟我說你在減肥，我超希望我的新陳代謝跟你一樣快耶。」她繼續說道。

柯林揚起一邊眉毛。這真是奇怪。梅莉莎的身材十分結實，想必新陳代謝也很快。

「問題不在糖分，在口感，蛋糕黏黏糊糊的，我不喜歡，我比較愛吃脆脆的東西。」柯林邊說邊指面前依照色譜排列的蘋果、椒鹽脆餅、紅蘿蔔和芹菜。

「呃，對啦。」梅莉莎說完噘起嘴，柯林猜不透這動作的含意，所以也把嘴噘起來，希望梅莉莎能給些暗示。

「那下次請你吃花生糖吧。」她笑道。友善。

柯林興奮的說：「我愛花生糖。」

「我就知道。」她說完便走回那場臨時舉辦的派對。盯著梅莉莎優雅晃動的臀部，柯林發現自己其實比較喜歡看她離去的身影。一股陌生卻不惱人的暖意湧上他的臉頰。

突然間，梅莉莎繞到喬許及桑迪普身邊，這兩個整天只顧著讀書的男孩是她國中時代的好朋友，比起坐在派對桌的學生，他們的社會地位明顯較低，但梅莉莎仍願意花時間攀談。「非常有趣。」柯林自言自語並翻開筆記本記下這件事。

西谷高中的社交圈結構比國中更複雜、更令人卻步，因此柯林不斷思索應對之法。他想，或許可以從學校網頁及社交網站收集同學的照片，然後列印出來釘在臥室的軟木板上，把它當成社交地圖——就像**FBI**探員分析販毒集團或黑手黨家族內部分工時所使用的策略。地圖上的資訊隨時可更動，應該很有用。

他以餐廳內的同學為基礎，畫出社交地圖的輪廓，所有團體排成一橫列，並且依照這個人（或團體）在學校裡的地位來分高低，位置愈高的愈受歡迎。能想到這方法，畫出這麼好讀易懂的圖表，柯林覺得很得意。

首先，「書呆子」這團體出現在地圖左下角，底下有喬許及桑迪普兩個名字。

「運動健將」在接近圖表頂端處，柯林迅速把史丹和艾迪寫進去。不過，他有點猶豫該不該加上古柏，因為這個黃褐色肌膚的高個子數學天分奇高。他們四年級同班，當時每個禮拜都有「一分鐘數學大賽」，古柏總是拿第二或第三。有一次，永遠得冠軍的柯林想稱讚古柏，結果換來一句「走開啦，笨蛋」，而且從那時到升上五年級為止，古柏都沒再和柯林說過一句話。

王牌水球運動員艾瑪也在「運動健將」這個分類裡。「運動健將」旁邊是「女王蜂」，裡面全是沒有才華、整天只想維持高人氣的女生——這個類型名稱其實是某本暢銷書的書名，該作者以社會人類學角度研究美國女子高中生的習性。艾比屬於這類，珊迪也是。柯林還在珊迪及艾迪之間連條線，代表他們有親密關係（同時也提醒自己，之後軟木板上得用有顏色的紗線來表示）。

柯林發現梅莉莎很難歸到特定一類，她跑越野賽、成績優異且現在人緣極好，可說同時擁有好幾項特長。最後，他決定先跳過梅莉莎，改處理魯道夫．穆爾，魯道夫被放在圖表最頂端且自成一類。

魯道夫上遍所有榮譽課程，卻不像其他優秀學生一樣被同儕欺負，反而很有人緣。柯林心想，他的高人氣是否和殘酷的天性有關？畢竟各種社交族群的領袖通常都具備激發恐懼的能力。話雖如此，同樣受歡迎的梅莉莎反倒是和以往一樣和善。

柯林皺起眉頭，將筆記本拿得遠遠的觀看，或許這張圖不如想像的完善。正當他思考是否該將X軸及Y軸互換或者改變圖表架構時，艾瑪及艾比突然大吼大叫，那聲音令柯林渾身不舒服。

「梅莉莎！」她們同時呼喊。她們看喬許和桑迪普的眼神就像看到朋友的醜陋寵物似的。「韋恩·柯納利要吃掉妳的蛋糕啦！快來阻止他！」

梅莉莎聳聳肩，翻了個白眼，然後無可奈何的回到派對桌邊。

柯林的視線隨著梅莉莎來到派對桌，韋恩的確嬉皮笑臉的拿塑膠刀切蛋糕，梅莉莎的朋友氣得猛揍他，但一點用也沒有。至於梅莉莎，她只是神情**悲傷**。梅莉莎輕聲問道：「你有毛病嗎？」那聲音太小，柯林沒聽見，於是從座位上站起來。

「小妞，我沒毛病啊。」韋恩如此回答。

「叫我梅莉莎。」他們瞪視彼此，僵持了好一陣子，柯林說不出這詭異的寧靜算什麼。「算了。蛋糕拿了就快離開。」

韋恩站在原地沒動，因此兩人繼續瞪著彼此。柯林感覺心跳加快、呼吸愈來愈急促，還下意識的握緊拳頭。他驚訝於身體的反應並且注意到一件怪事：自己竟然想打韋恩．柯納利，這是他生平第一次想打人。

不過，在柯林進一步分析這股異常念頭或者將付諸實行之前，韋恩別過頭說：「小器！」

韋恩帶著戰利品從容走回自己的桌子，然後大費周章的把蛋糕一層一層分解開，最後小塊小塊吃下肚。柯林看得既驚訝又入迷，想打人的念頭因而拋到九霄雲外。韋恩吃東西慢條斯理，和他的形象大相逕庭，柯林覺得有趣極了，還不斷觀察其他同學如何進食。

梅莉莎像蜂鳥般小口小口吃蛋糕，吃得有條不紊。魯道夫拿了塊蛋糕，卻在以為沒人注意時丟進垃圾桶。珊迪套著尺寸過大的聖母大學籃球隊外套，分到一塊上頭有玫瑰形糖花的蛋糕，她以摺紙藝術般的技巧將蛋糕巧妙的包在餐巾紙內，然後放進仿名牌風格的手提包裡。

還在觀察時，有道身影從他眼角閃過，接著傳來男生的嘶喊聲。柯林像貓頭鷹捕捉樹叢底下的老鼠般轉頭望向聲音來源，結果看見史丹抓住韋恩的手臂（柯林認為這是不明智的舉動），拇指還緊緊按在他的二頭肌上，他痛得五官皺成一團。

「這個派對不收食物券。」史丹說。

柯林困惑了一會兒：為什麼派對要收食物券？然而，架愈打愈兇，因此柯林不再思考這問題。史丹搶走蛋糕，卻被站穩腳步的韋恩推飛出去，差點壓倒另外兩個朋友。柯林急忙翻開筆記本、拔開筆蓋。

韋恩・柯納利的力氣可以對抗三個高一生。這是飲食控制與運動的成果嗎？繼續調查。

儘管韋恩力氣較大，但寡不敵眾，終究漸居下風。

「我超期待看艾迪把你打到尿褲子。」史丹說。

「噢，我好怕喔，跟看到你媽沒穿衣服時一樣害怕。我啊……是昨晚看到的。」韋恩氣燄依舊不減。

柯林懂這句話的含意，韋恩暗示他和史丹的媽媽上過床，這在絕大多數的文化中都是種惡意侮辱。在朋友助陣下，史丹氣得大叫，還猛推韋恩一把。

柯林心情緊張，因為高中生鬥毆事件似乎要上演了，這可不是隨便打鬧，而是一場大亂鬥。推拉揍擠、謾罵叫囂。排山倒海的叫囂。周遭圍滿學生，在一旁火上加油。吵鬧聲太過激烈，柯林正打算摀住耳朵，此時梅莉莎以低穩的嗓音朝那一大群人叫道：「你們都別鬧了！」

艾比喊著：「你們把事情全搞砸了！」才剛說完，某個打架的學生（柯林不曉得對方身分）被椅子絆倒，結果四個男生全摔到派對桌上，撞倒梅莉莎、艾比、珊迪、幾個柯林不認識的女孩以及……

蛋糕。

如果柯林是斑馬、鹿或者其他哺乳類動物，他會聰明的閃到一邊去，但他偏偏是靈長類，所以選擇上前看個清楚。

當他靠近時，剛好看見一道閃光伴隨震耳欲聾的爆炸聲。尖叫聲充斥整間餐廳，所有學生急忙往出口逃，但柯林的好奇心戰勝了對噪音的恐懼，因此選擇留下。他走到打架地點，聞到濃濃的無煙火藥味及芥末味。地上可見吃到一半的午餐、被遺棄的鉛筆、背包、一本科幻小說、漫畫書、亮采深粉紅色口紅、其他化妝品以及……

一把九釐米手槍。

黑色金屬槍管還微微冒煙，橡膠槍把沾滿白巧克力及粉紅色糖霜。費雪家不準備槍枝防身，除了用皮套套住的警用槍，這是柯林這輩子最接近手槍的時刻。他蹲下來研究這把槍，並且小心不碰觸到任何東西。

「非常有趣。」柯林說。

第六章　訪問目擊者

現代鑑識技術發展不到一世紀，但偵探這行業已存在許久。一般人認為希臘劇作家索福克里斯的《伊底帕斯王》是史上第一部偵探作品。

為了消弭瘟疫，伊底帕斯得找出殺害底比斯國王的凶手。如果有現代鑑識器具，他應該能輕鬆解決這項任務吧。不幸的是，古希臘時代沒有DNA鑑定也沒有指紋比對。要是有，這兩項技術一定能發揮極大的效用，但故事也可能因此變得又短又無趣。

因為沒有現代鑑識技術，伊底帕斯只能仰賴非關科技的作法：訪問目擊者。他造訪一名底比斯牧羊人，這人目擊老國王在路邊鬥毆中喪生。詳細詢問後，伊底帕斯還發現這名牧羊人許多年前曾將老國王的襁褓幼子送至科林斯，當地的陌生人將這嬰孩養育成伊底帕斯。

這突顯了訪問目擊者的要點：有時你會獲得意外的資訊，不過，也可能使你後悔發問。

柯林走進保健室，裡頭張貼著反毒海報、農委會設計的食物金字塔圖（柯林認為這張圖太偏重穀類及乳製品）以及五顏六色的男女生殖系統圖。保健室內沒見到護士，反倒有兩個警察站在雜亂的辦公桌前方。比較年輕那個剃光頭、鬍子修得很整齊且身穿洛杉磯警察局的深藍色制服。另外一個拉丁裔警察年紀大概三十幾歲，身穿皮外套及鬆垮垮的牛仔褲。那個拉丁人把「洛杉磯警察局警探」的牌子掛在脖子上，所以柯林一眼就看出他的身分。

「你是柯林．費雪嗎？」警探問道。

「對，」柯林如此回答：「我是嫌犯嗎？」

警探頓了一下，瑪莉說過，這反應是驚訝的意思。「你為什麼覺得自己是嫌犯？」

「懷疑最接近手槍的人再合理不過。」柯林表示：「更何況，當大家都往外逃時，我選擇留在餐廳裡，這很反常，也因此非常可疑。再加上校園警察的調查進展陷入膠著……」他指的是那名穿制服的警察，這人手裡正拿著名為「費雪」的檔案夾：「我顯然成為值得訊問的對象。」

警探靜靜的看了柯林好幾秒，手還猛抓脖子。柯林發現，他抓的地方右邊有淡淡的藍色墨水痕跡，那原本是蜘蛛網刺青，後來靠雷射消除。「柯林，你不是嫌犯，」最後，警探解釋：「不過，槍響時你離事發地點很近，因此可能可以提供寶貴情報。」

「我懂。」柯林如此回答。

警探低頭看一張紙。「你告訴副校長沒有在槍響前看見持槍者的身影，」他看著紙念念有詞：「你有漏掉什麼嗎？」

「沒有，該說的我都說了。」柯林答道。

「說吧，你不會有危險的，」警探接著表示：「如果你有什麼沒透露的事情……」

柯林說：「有一件事……」警察不自覺的將身體湊向前，彷彿這樣聽得比較清楚。

「我忘記告訴莫頓先生那把手槍是 Barretta 92 F，梅爾．吉勃遜在電影《致命武器》裡飾演馬丁．瑞格，他用的也是這支。你身上帶的是 Sig Sauer，不過，我以為警探通常使用更小、更好隱藏的手槍，比方說 Glock 23 就是標準款。」柯林全心觀察這位警探：「那些手槍都是處理幫派案件的警察常用的款式。」

警探傻住了。「我沒提過自己在處理幫派案件啊。」

「你的脖子上曾經有蜘蛛網刺青，代表你試圖改變生活。我猜你最後辦到了，所以才會消除刺青、加入洛杉磯警隊。不過，你對犯罪世界非常了解，也有足夠人脈，因此非常適合處理幫派案件。還有，你覺得有人在恐嚇我，這表示你懷疑槍擊案跟幫派有關。」

兩名警察又沉默了好一陣子。

「我知道了。」警探說。

「槍擊前，我沒看到餐廳裡有幫派分子。」柯林沮喪的表示：「不過，我還沒將西谷高中層層疊疊的社交網絡歸類好，所以說不定其實有些學生在混幫派。社交圖表完成後，你會想看嗎？」

「沒必要，目前一切順利。」穿制服的警察如此回答，並且看了看警探，警探聳聳肩，那動作令柯林想到爸爸。

在費雪家，晚餐時間是神聖不可侵犯的。

自柯林有記憶以來，費雪太太便堅持將晚餐作為進食以及交流的時刻。柯林曾抗議，說同時聊天和吃東西會使這兩件事情耗時更久，但她並未因此改變心意，只同意正在咀嚼食物的人可以不用開口講話。這似乎讓柯林不再反對，但也成為他吃東西總細嚼慢嚥的部分原因。另一部分的原因是，柯林認為吃慢點有助消化。

結果柯林吃飯時很少說話，只顧著朝自己的盤子舀進大量食物

（各種食材歸類整齊，互不沾染），開口也只說「麻煩你」、「謝謝」和「不好意思」。

今晚情況依舊，不同之處在於氣氛緊繃。柯林大口吃著檸檬雞和美味的米飯，飯吃得早是因為鐸蘭校長準備召開緊急會議，向大家說明「危機」的事態。但費雪先生甚至還沒到家。

丹尼嘰哩呱啦的猛講今天發生的事情，對他而言，那是世界上最刺激的事情。「聽說是點44 Magnum手槍，」他嘰嘰喳喳的說：「有人朝午餐阿姨開槍。」

費雪太太生氣的說：「夠了。」丹尼隨即閉嘴。柯林看得出媽媽在**擔心**，她通常會隱藏情緒，不讓孩子發覺，但這次沒這麼做，所以他覺得非常有趣。

咬下最後一口雞肉後，柯林將盤子拿到水槽邊，這時，費雪先生從後門進來，他看起來不**擔心**，反而很**生氣**，但見到柯林便展露笑臉，過一會兒柯林才知道那表示**放心**。

「哈囉，兄弟。」費雪先生說。

「哈囉。」柯林如此回答，同時乖乖沖洗盤子，再把盤子放到洗碗機的置盤架上。

費雪太太看看手錶說：「我們要遲到了。」

「我已經盡快趕回來了。」費雪先生表示。

「我知道你們現在走在槍口上，」費雪太太發現自己講錯話，於是苦著臉說：「抱歉，我說錯話了。」

「妳在開玩笑嗎？」費雪先生邊說邊將食物舀進盤子裡：「我花了半天的時間告訴大家柯林是清白的耶。」

柯林問：「我可以回去外面了嗎？」前往緊急會議前，他很希望能跳一下跳床，好整理思緒。

費雪太太再看看手錶，她曾在太空總署擔任專案經理，所以看待時間的態度不同於一般人。「只能跳十五分鐘喔，到時我們就得出發。」

柯林關上門，進入後院。

「槍擊案和他無關，對吧？」費雪先生問道。

「天啊，當然無關啊。」

廚房窗戶敞開著，柯林的身影突然出現，看起來好像飄在半空中，而後又掉到看不見的地方去。

丹尼喪氣的問：「我也要去嗎？」

「五分鐘前，你還說這是這輩子碰過最刺激的事情耶。」費雪太太如此提醒。

柯林又出現在窗戶外頭，這次腿張得開開的，這種姿勢容易導致重心不穩，所以下墜時歪了一下。

「手槍很刺激，」丹尼解釋道：「但是聽學校講手槍的事情很無聊。」

柯林在後院跳床上有節奏的彈跳，上下、上下……爸媽和丹尼也跟著一會兒出現、一會兒消失。他們三人的聲音很小，不過還聽得見。對柯林而言，廚房窗戶彷彿電視螢幕，自己的家人就在上面。他閉上眼，一時間，世界只剩下黑暗與跳床彈簧規律發出的輕柔嘰嘎聲。

上下、上下……

白天發生的事情如幻燈片般在柯林腦中閃現，每彈跳一次就換一幕：籃球、劃過半空……蓋茲老師在黑板上寫方程式……梅莉莎在筆記本上留號碼以及她的好身材……咀嚼食物……

還有手槍，被丟在餐廳地上。

費雪先生在廚房內呆呆看著兒子愈跳愈高，他若有所思的說：「太空總署曾計畫殖民月球，現在或許可以重新施行，把柯林和丹尼送上去，直到畢業為止。」

丹尼低聲抱怨：「先送柯林上去啦。」他終於吃完飯了。

「今天體育課——」跳到空中時，柯林對爸爸大喊，希望他聽見：「我射進五球——」他又往下墜：「中距離投籃也進三球——」他讓自己保持站姿：「圖任廷老師說我跳投超漂亮！」柯林停下來喘氣。

費雪先生看著兒子好一陣子，彷彿沒會意過來，後來才笑著走出屋外。

「你玩籃球啦？」

西谷高中停車場停了很多車，有昂貴的SUV休旅車，也有車齡三十、得靠線材固定好的日本進口車。費雪先生開的是奧迪（依柯林要求，停在最先看到的空位），柯林從後門爬出來，接著便翻開筆記本、用綠色原子筆記錄。

晚上七點五十八分。西谷高中停車場。學校幾乎和白天一樣，只是現在更加鬧哄哄，因為平均每名學生有一點六個家長。禮堂八成會很擠、很吵。也許還會很臭。

三件事全中。

禮堂又擠、又臭、又吵，柯林非常不舒服，但久而久之，他學會閉起眼、用嘴巴呼吸，讓吵鬧聲變成單純的雜訊。不過，頒獎典禮比較麻煩，因為柯林老是得起立接受品行獎、進步獎或者書卷獎等等褒揚，但要是他上台、下台的速度夠快，狀況就不會太糟。

鐸蘭校長已經對家長、老師以及一些學生講了快十分鐘的話，內容不外乎博取認同、再三保證與呼籲團結。柯林大多沒聽進去，反而專心思索更重要的事情，尤其是手槍主人的身分，以及誰那麼粗心，讓槍掉在地上？手槍主人是故意的嗎？

「只要大家保持冷靜，一定能安然無事。」鐸蘭校長結論道。

四周傳來低語，表示聽眾已經開始針對演講交換意見。然而，柯林的父母卻只是眉頭深鎖看著彼此，令柯林解讀不出心中想法。

「就這樣？」嘈雜之中傳來一個女人的聲音。

柯林坐挺身子，好弄清楚發問者是誰。不過，這是多此一舉，因為那女人直接站起來了。「辦些鼓舞人心的會談，再請警察駐守校園一個禮拜，這樣就希望事情隨風而逝？」

鐸蘭校長仔細打量發言的女人，接著視線停在女人身邊的男孩上：魯道夫．穆爾。

魯道夫身穿筆挺的牛津紡扣領襯衫，搭配老式絲質領帶。他的頭髮溼溼的，顯示為放學後、會議前曾洗過澡。柯林覺得有古怪，卻說不出個所以然。

「我保證，」校長平靜的說：「我們非常嚴肅的看待這起事件。同時，我也要說，槍擊案之前，西谷高中的安全紀錄一直是區內最好的。」

魯道夫要媽媽彎腰，在她耳邊說了些話，接著，穆爾太太對校長說：「那是去年的事，那時候校長是別人。」

禮堂內靜得令人好不舒服，鐸蘭校長顯然在思考該如何妥善回應，此時，費雪先生站起來發言了。

「聽著，我不知道去年怎樣，其他校長又怎樣，這不是重點，討論這個沒意義。」

他擺明針對穆爾太太先前的回應。穆爾太太冷冷回瞪。

「可是，說槍擊案前表現如何就好像在講鐵達尼號在大西洋撞冰山前安全紀錄優良一樣[1]。」

笑聲此起彼落，就連鐸蘭校長也揚起嘴角。柯林發現媽媽也在笑，但她微笑的原因和校長及其他聽眾不同，她並非覺得好笑，而是感到驕傲。

「光是單一事件就很要不得了，」費雪先生繼續說道：「子彈沒射進孩子身體，而是射到天花板上，真算是奇蹟。」

家長們被穆爾太太及費雪先生的話所影響，紛紛發出認同之聲。「我們都知道這種事情的起因，」一名憤怒的父親脫口而出：「那就是電視跟電玩，沒人在家裡教導小孩，所以他們的價值觀就被這些東西影響了！」

有位母親附和道：「沒錯，我不想每天花兩小時通勤，做討厭的工作、住買不起的房子！我們想遠離那樣的人，所以才搬來這裡啊。」

坐在柯林身後的男人沒好氣的回問：「那樣的人是怎樣的人啊？」

---

1 一九一二年四月十四日，鐵達尼號因撞上北大西洋冰山而沉入海底，奪去一千五百一十七名乘客性命。這趟處女航之前，鐵達尼號被評為安全無虞，這樣的紀錄卻對受害者沒任何幫助。

柯林像隻烏龜般縮成一團，他感覺得到禮堂內劍拔弩張的氣氛，這讓他心跳加快。

費雪太太看著兒子，考量到他的心理狀態，所以小心避免肢體接觸。「柯林，」當周圍的人大聲表達自己的恐懼、憤怒與不滿時，她平靜輕快的問道：「你想離開這裡嗎？」

柯林搖搖頭。不想。他決定看到最後，儘管結局是什麼已經很明顯：爭吵。

鐸蘭校長也心知肚明。「請各位了解，」透過擴音器，她的聲音大到把學生家長的交談聲壓過去：「這件事不單單只影響單一或者少數人，我們大家都牽連在內，如同一個共同體，而我們也得集體回應。」聽眾焦點再次回到校長身上：「做不到的人歡迎離開，我是說真的，請你們回家。」

柯林認為這是大膽而危險的一步棋，過往經驗告訴他，家長不喜歡無法管事的感覺，尤其是他們真的不能管的時候。不過，這番話似乎奏效了。

「沒人想離開嗎？」鐸蘭校長問道：「很好，那我們來討論該怎麼補救、如何確保同樣的事情日後絕不再發生。」

費雪太太用手肘推了一下身旁的丈夫說：「她還真壓得住場面。」

校長繼續說道：「首先，我們已經請警察以後不定時來學校巡察，我們非常有信心……」

「你們打算什麼時候揪出那個帶槍的小壞蛋？」穆爾太太打岔道。

魯道夫盯著校長看，柯林覺得那雙眼睛好像玩偶的，除了說話玩偶的影響，他也覺得那眼神似乎有什麼問題，好像帶著什麼不具人性的東西。不管怎樣，柯林討厭玩偶，做得愈真實的他愈討厭[2]。

鐸蘭校長又不說話了，她皺皺鼻子，這動作令柯林想起早期電視

---

2 日本機器人專家森政宏創造出「詭異谷」一詞，意即，物體擬人化的過程中，相似到某種程度便會引起人類的恐懼與反感。根據其他學者推測，如此情緒可能發自人類遠離生病或死亡同類的基因本能。無論原因為何，電腦動畫家自一九八八年起便注意到詭異谷理論並非胡謅。當時皮克斯動畫工作室製作出短片《小錫兵》（*Tin Toy*），觀眾很喜歡靠發條運轉的小錫兵，卻對栩栩如生的嬰兒心懷恐懼。

影集《神仙家庭》裡的莎曼珊，他以前總聽話的看這齣影集，後來得知「湯米．威斯法假說」，從此不看《神仙家庭》及任何電視節目。該假說指出，美國絕大多數的電視節目都是某位自閉症男孩腦中上演的情節，而這個男孩出現於《波城杏話》完結篇裡。瑪莉提到這假說，目的是想告訴柯林，看起來不相干的事情說不定有著有趣而美妙的小關聯。不過，柯林完全不這麼想，他認為幻想情節中的幻想情節根本離現實太遙遠[3]。但他仍喜歡莎曼珊。

「現在還不知道凶手是誰，但我們一定會找出來。」她表示。

費雪先生又站起來說：「校長，對方的名字就免了，我只希望您幫我和我兒子一個忙，不管凶手是誰，請把他、她或它釘到牆上修理。」

雖然提到「它」令柯林摸不著頭緒，但他看得出爸爸有多認真，相處那麼多年，他很清楚爸媽喜歡用誇張、比喻性的言詞來表達意見，而這次也是如此。

校長鄭重點頭，隨後便離開講台。她用拇指及食指圈出個「0」，意思是：「零容忍。」

台下爆出掌聲，顯示眾人皆支持校長的強勢態度，柯林只希望大家能用更安靜的方式表達認同。

隔天，西谷高中上上下下都在討論緊急會議做的決定。不管去哪，柯林都聽見人們提到校長最後所發表的宣言——將與教育無關的事情趕出校園。

艾比在走廊上**關切**的對梅莉莎說：「妳聽說了嗎？他們打算把他當成人審問……」

---

[3] 在《波城杏話》完結篇末尾，小男孩湯米・威斯法捧著一顆雪景球，球中正是該劇裡的醫院場景。這一幕意味著劇中每個角色、每個情景都是湯米幻想出來的。此外，根據編劇的筆記，《波城杏話》有些角色和其他電視劇的角色有關係，甚或直接出現在其他電視劇裡，而那些電視劇裡的角色又和其他電視劇有關聯，如此構成一個異常複雜的網絡，有人便推論這大網絡裡的一切全是湯米的幻想，影響所及，包含《外科醫生 *M*A*S*H*》、《法律與秩序》及《X檔案》等知名影集，而且受影響者還不斷增加中。

「……零容忍……」艾迪對史丹重述這句話，臉上神情很是凝重。

鐘響後，吃驚的古柏在自習室內對其他人說：「警察在他的置物櫃裡發現三盒子彈。」雖然不清楚這是真是假，但柯林不太相信古柏有辦法獲得這種消息。此時此刻，他選擇沉默，待在自習室內做筆記。

韋恩・柯納利今天沒來學校。他有嫌疑，但名字沒被公開。

梅莉莎湊到柯林身邊坐下來。「哈囉，梅莉莎，」柯林打招呼：「妳好嗎？」

「我猜還算不錯吧，」她如此回答：「我是說，啊，真是令人難忘的一天，對吧？」

柯林茫然看著梅莉莎，擔心自己漏聽了什麼事情。

「就是昨天啊，手槍的事。」

「噢，手槍，」柯林說：「非常有趣。」

她甩動頭髮，散發草莓香氣，柯林喜歡草莓。「是很有趣。」此時，梅莉莎臉上的笑容並非單純的微笑，但柯林不打算轉頭查閱速查表。「你是唯一沒逃跑的人，好勇敢，你都不會害怕嗎？」

「不會，」柯林說：「大家都跑掉了，所以凶手絕對不可能繼續開槍。」

梅莉莎靠過來看筆記本上寫些什麼，結果從來不讓人看筆記內容的柯林竟然沒拒絕，只顧著注意梅莉莎鼻子上的淡淡雀斑。突然間，柯林沒來由的想吃草莓蛋糕——這很奇怪，畢竟草莓蛋糕的口感黏糊糊的。

看完筆記本翻開那頁的內容後，梅莉莎抬頭面向柯林，臉上閃現許多情緒，令柯林分辨不清。

「韋恩·柯納利？」她問道。

「他今天沒來學校。」

「從幼兒園開始，他就是個惡霸，但我沒想到他會開槍射人。」

說完，梅莉莎便默然無語。她別過頭，稍稍皺起臉，之後又轉回來問柯林：「他以後不會再闖進派對來偷我的蛋糕了吧？」

柯林眨了眨眼。「蛋糕。」這個名詞讓他想了又想，再次抬起頭時，梅莉莎已經不見了。

柯林匆匆做筆記，接著，收拾好書便往門口走，但被自習課老師叫住。這個老師叫貝爾，負責教音樂，柯林很討厭這門課。

「你要去哪裡？」貝爾老師問道。

「校長說我隨時可以離開教室去找她，誰都不能阻止。」

柯林說完便急忙離去，完全不管老師的抗議。

柯林逕自進入校長辦公室，話也沒說便找張椅子坐下來。校長從文件堆中抬起頭對他說：「我現在有點忙，而且你應該在上課才對啊。」

「沒錯。」校長說的全部正確，但柯林仍說：「但我得盡快告訴您一件非常重要的事情。凶手不是韋恩．柯納利。」

校長皺起鼻子。柯林注意到了。

「首先，你為何認為韋恩．柯納利是嫌犯？」

柯林指著辦公室角落的椅子說：「那堆課本和作業簿上面有韋恩的名字及地址，這表示他已經被停學，但還沒被當成罪犯逮捕、起訴。」

鐸蘭校長瞄了一下那張椅子，然後告訴柯林：「好吧，我就聽你的解釋。警方偵訊的時候，你有事情沒說嗎？」

「那時候我已經把自己認為重要的事情都說出來了，卻忘記蛋糕這個重點。」

「蛋糕？」

「沒錯，蛋糕。手槍槍把上沾滿糖霜，但韋恩．柯納利吃東西很規矩，注意到了嗎？手槍不可能是他的。」柯林將校長的沉默視為認同：「我們得告訴調查單位。」他如此強調。

校長又皺了一下鼻子，之前惡作劇手機及緊急會議時也曾有過這舉動，柯林開始注意到某種行為模式。「哪來的『我們』，柯林，這是警方的調查行動，不是我的，也不是你的。」

「可是妳也知道蛋糕的事情了……」

「我保證會通知警方，在那之前，請去找我的祕書要字條，回去交給老師。」

「校長，我……」

「柯林，夠了，你是學生，不是偵探。懂嗎？」

「懂了。」

柯林想了好久，確定校長的話並非謬誤二分法[4]，最後回答：

離開辦公室時，他停下腳步，想告訴校長最後一件事情。「校長……」他小心翼翼的開口。

「什麼事？」

「如果有事不想說，妳就會皺鼻子。」

柯林離開辦公室，沒再多說半句話。

柯林大步穿越空蕩蕩的走廊，連現在是第幾步都不想數，因為他正忙著做筆記。

韋恩．柯納利是無辜的。我會找到證據的。遊戲開始了。

4 謬誤二分法是指原以為彼此互斥的兩種概念，其實完全相容。譬如「你只能選擇花生醬或巧克力」，而花生醬巧克力杯是最簡單的反證，這是柯林最喜歡的例子，因為這個反證很美味。

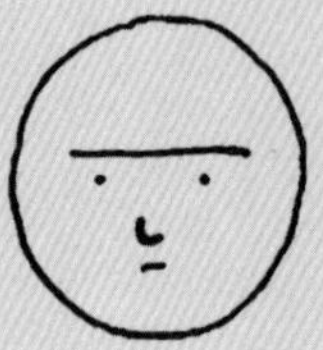

第七章　波坦金戰艦

鄰居曾撞見我拿金屬攪拌碗及家用化學產品進車庫。一聲巨響後，他們打電話報警，以為我在製造毒品——聖佛南多谷郊區頗常見。但鄰居根本不知道真相，爸爸搞清楚後才告訴警方：我在實驗某項太空旅行計畫所提到的爆震推進原理。警察笑了，爸爸則扣我一個月的零用錢去買新的攪拌碗。

我的火箭技術實驗之所以引起誤解，原因其實類似庫勒雪夫的實驗性概念。他的作品跳脫面部表情的意義框架，讓我們發現觀眾習慣將並呈之影像連結在一起（無論它們是否真的有關聯），這為電影界帶來革命性影響。謝爾蓋．艾森斯坦也利用此手法，將早期英國海軍演習的資料片剪進《波坦金戰艦》內，讓人看不出來其實這部電影完全在陸地上拍攝。

觀眾以為艾森斯坦至海上取景，此外，西方外交人員看完此片，嚇得趕緊發送祕密電報，聲稱蘇聯打造出一支新艦隊。結果，西方國家還分派祕密軍力來應付這支存在於螢幕中的勁旅，殊不知那些敵軍根本是自己人。

有個說法流傳已久：最高段的欺騙方式就是給對方想要的，剩下的讓他們自己捕風捉影。庫勒雪夫意外證實此一論點。

從小，柯林就經常和媽媽到伍蘭丘購物中心買東西。起初，這是治療柯林的方式，目的是讓他慢慢克服對新場所的恐懼。費雪太太曾笑說：「這就好像溫水煮青蛙[1]。」

一開始，他們只把車開到購物中心停車場，在那裡等些時間再回家。一個月後，費雪太太說服柯林下車去摸摸購物中心的大門。接下來的一年裡，柯林對這扇自動開闔的玻璃門十分恐懼，完全不敢走過去，得等到費雪太太在網路上找到篇文章，向柯林證明自動門不會把人切成兩半，他才釋懷。

如今，購物中心帶給柯林熟悉感與安慰，只是得避開一樓某條行人步道邊那整排電子用品店，以及耶誕季擺設的說話雪人。費雪太太很清楚要怎麼做，她會讓丹尼自己去看電玩遊戲，要他：「四十五分鐘後在西側入口處會合。」接著，再帶柯林去買突然不買不行的運動服與運動鞋。

他們來到二樓運動用品店，店員身穿條紋襯衫，讓人聯想到美式足球教練。柯林已事先在網路上做足功課，還讀過《消費者報告》裡的相關文章，因此很清楚自己要哪個牌子、什麼型號、哪種顏色的鞋子，也因此拒絕店員推銷更貴的鞋子。「職業籃球選手今年都穿這雙喔。」店員如此向柯林及費雪太太解釋，語氣彷彿在透露什麼國家機密。

---

1 大家都聽說過，把青蛙扔到沸騰的水內，牠會馬上跳出來，但是如果水溫緩慢上升，青蛙就不會注意到，並且開心的在裡頭待到死掉。這說法是錯的。青蛙其實對溫度改變非常敏感，水溫一高就會跳出來。柯林曾和國中自然課老師爭論過這件事，還提議拿燒杯、本生燈及活青蛙來實驗。結果，老師查閱維基百科，不甘不願的接受柯林的說法。

柯林回答：「是喔。」職業籃球選手應該很了解運動力學及球鞋耐受度，但他們通常都穿提供最多贊助的廠商的鞋子，如此考量，柯林決定回歸現實面，並告訴店員：「我不是職業籃球選手，鞋子只是體育課要穿的。」

被拒絕的店員進倉庫拿柯林指定的鞋款，費雪太太則在一旁挑看架上的純棉T恤與短褲。此時，柯林望著店外的人潮，購物中心的走道彷彿峽谷，兩旁門窗令人想起阿納薩齊壁屋[2]。

柯林默默分類走道上的人群——急步健走的老人、室內遊樂區的媽媽與小孩，還有成群結隊的無聊青少年。這舉動使他想起之前在學校餐廳自己也將學生分成好幾類。後來，韋恩和艾迪扭打成一團，沒多久又發生槍擊事件，各種學生混雜在一起，使他無法縮小範圍揪凶手。

柯林從這個制高點鳥瞰百貨公司入口，雖然這裡提供觀看人群的絕佳機會，但柯林仍對它沒好印象，因為一進大門就是化妝品店跟香水店，逼得柯林進出都得忍受那些氣味。

化妝品專櫃前站著一位身材修長、頭髮金亮的女孩，柯林看著她的背影，心裡很興奮，因為搞不好是梅莉莎。後來，女孩試擦深粉紅色口紅，並轉頭拿口紅給媽媽看，柯林好沮喪，原來不是梅莉莎，而是珊迪．萊恩。

費雪太太問：「怎麼了？」柯林花了些時間才回神，知道媽媽已經買好鞋子跟衣服，準備離開了。雖然媽媽總說時間有限、得有效運用，柯林卻愈來愈覺得時間的概念因人而異[3]。

---

2 長久以來，大家總認為古時候居住在美國西南方的阿納薩齊人（Anasazi）是愛好和平的農夫。但人類學家在阿納薩齊人集居處挖掘到人吃人的確切證據，一舉推翻此說法。事實上，阿納薩齊一詞源於印第安文化的納瓦伙語（Navajo），意思約略等同「古老的敵人」。納瓦伙族和鄰近印第安部落皆視阿納薩齊人為危險的巫師及會變身的人，而且十分看不慣他們獨特的飲食文化。對柯林而言，吃人肉實在噁心——畢竟光是親他奶奶一下就夠困難了。

3 抑或如一九八五年問世的科幻片《天生愛神》（*The Adventures of Buckaroo Banzai Across the Eighth Dimension*）所解釋：「時間這個概念之所以產生，乃是為了不讓所有事情全部一起發生。」柯林十分喜歡這部電影，主要是因為費雪先生也很喜愛。儘管喜歡，他仍對片中主角設定有微詞，那名英雄同時是量子物理學家、搖滾歌手、外科醫師及忍者，哪有人能同時精通這麼多不一樣的東西？

走出購物中心時，正巧珊迪也和媽媽拎著一袋化妝品離開，這兩個媽媽認識彼此好幾年，除非沒注意到對方才可能避免一場社交災難，但柯林心知肚明，目前四周沒有任何轉移費雪太太焦點的東西，所以惱人的簡短客套是免不了了。認清這點後，柯林決定為即將發生的尷尬場面做準備，他打開袋子，兩眼直盯裡頭的運動鞋，彷彿透過巨型放大鏡觀察兩隻蟲。

「蘇珊．費雪！」珊迪的媽媽叫道。

「愛莉森．萊恩！」費雪太太如此回應。

「學校發生的事情真恐怖，對吧？」

「噢，我對這件事可有很多話要說喔……」

珊迪侷促的晃來晃去、東張西望，假裝不曉得自己的媽媽在聊天。如果柯林看到，大概會猜測青少年（尤其是女孩子）這麼做多少是為了假裝父母跟自己的朋友並不聊得來，這種反應已經被諸多研究報告證實。此外，他還會發現珊迪臉有點紅，顯示她很**尷尬**。

雖然珊迪現在很討厭柯林，他們小時候其實滿要好的，一起上幼兒園，而且兩個媽媽輪流接送上下課。某個宿命的午後，萊恩太太碰上塞車，所以珊迪到費雪家等媽媽。當時柯林邀請她到房裡玩樂高，兩人安靜的玩了幾個小時，費雪太太還為此感到開心，打算替這份剛萌芽的友情安排更多機會。突然間，費雪太太聽見尖叫，衝進房內才發現睡在柯林床上的珊迪尿床了，棉被全溼透，而尖叫的是柯林。那之後沒多久，兩個媽媽就不再輪流接送孩子了。

「不管凶手是誰，我都希望警察能揪他出來好好審問一番，」萊恩太太表示：「然後把他丟進黑漆漆的洞裡，再丟掉洞口鑰匙。」

「幹麼幫那種人準備鑰匙？」費雪太太附和道。

柯林皺著眉說：「我想回去試穿緊身上衣，穿著會讓我情緒舒緩些，束壓長神經的確可以舒緩我的情緒。」柯林刻意不看珊迪，彷彿購物中心內只有他和媽媽。

費雪太太深深嘆了口氣，然後朝萊恩太太淺笑道：「得舒緩情緒啦。」

「我懂妳的意思，」珊迪的媽媽心有所感的回應：「但我覺得喝酒比較好。」

「之後再說。」費雪太太露出微笑，接著便帶柯林回運動用品店。

「有空記得打給我，」萊恩太太說：「偶爾該讓孩子們聚聚。」

「嗯。」珊迪在後面這麼說，這是她和柯林從四歲以來最接近交談的一次，如今，尿床已成往事，他們也走入不同的社交圈。柯林突然想到，幼兒園時代的社交地圖和現在絕對大不相同。的確，所有標記、關聯及社交團體，整個柯林建立的分類系統隨時在變動。這體悟使柯林更想找出有效而具體的歸類方式。

「媽，回家前可以去美術用品店一下嗎？」柯林問道。

幾分鐘後，費雪太太與柯林離開購物中心，看見丹尼靠著緊鄰停車場的購物中心外牆，跟兩個同年紀的男孩聊天。柯林不曉得他們的名字。費雪太太說：「我剛剛不是說在西側入口裡面嗎？」柯林想，用到剛剛這兩個字，就表示媽媽講過這件事，不過他不確定她的記憶是否正確。

「妳是說入口處。」丹尼跑過來時反駁道：「我是在入口處啊。」

費雪太太不習慣有人頂嘴，此時她瞇著眼顯露疑惑，表示她沒打算接受反駁。這號表情很常見，但速查表上找不到對應的臉，柯林問瑪莉，瑪莉也認同，最後，他們稱為**媽媽臉**，這個詞使用至今。

「丹尼說的沒錯，」柯林大聲表示意見，試圖打破僵局：「嚴格來說，大門裡外都算入口處。」

媽媽笑了，丹尼別過頭，不知為何竟顯露**不滿**的表情。「不用你來幫我啦。」說完便腳步沉重的朝車子的方向走。

柯林提著美術用品及運動鞋兩大袋子跟在後頭，心裡為丹尼剛剛說的話而迷惑，因為他從不幫助別人，只是點出事實罷了。真理支持的人與這個人本身毫無關聯。

柯林立刻回房間，還將鞋子、上衣及美術用品夾在兩邊腋下帶進去。他決定設計出有用的西谷高中社交地圖，這不再只是為了方便與生存，而是要揪出破壞梅莉莎生日派對的手槍主人。

他打開筆電登入學校網站，列印出班級學生名單後開始圈選可疑人物，這些學生幾乎都在社交網站上有個人檔案，所以柯林也將他們的檔案照片列印出來。看著面前那堆照片，柯林開始小心的釘到書桌前的軟木板上。

這之中獨缺一個人的照片：韋恩·柯納利。

韋恩·柯納利似乎不玩網路，他沒上傳照片也沒建立個人檔案，感覺就像沒有這個人。這是故意的還是巧合？說不定既是故意也是巧合？其他學生的個人網頁也沒提到韋恩，這可能是社會孤立或包含大陰謀。繼續調查。

柯林翻查八年級年冊，想找韋恩的照片，但一樣找不到。顯然，他拍照那天沒去學校，不然就是技巧性的躲開了攝影師。柯林皺皺眉頭，在一張黑色長方形紙條上寫下韋恩·柯納利幾個字——得先找個替代品。

柯林在美術用品店買了五顏六色的便條貼，用來標示不同社會、學術、地理及社經背景的學生。不同顏色的紗線則代表個人或者團體之間的關聯，基本上分三類：友好、相愛、敵對。FBI聯邦調查局及其他執法單位在追蹤黑手黨家族成員以及其他犯罪組織時也會做社交地圖，柯林便是參考他們的作法。他覺得做地圖的過程和地圖本身一樣幫助良多，因為歸類有形、無形的人事物讓柯林有機會動腦思索。

柯林皺眉審視地圖，一片笑臉照獨漏可能是關鍵的韋恩身影，破壞了地圖的精準度。他擔心這樣會導致分析偏頗，於是加了個注記：尋找更適當的代表物。

爬上床後，他發現地圖就掛在貝索·瑞斯朋的照片旁邊，感覺好像福爾摩斯在思索這樁謎案的解答。柯林頓時感到愉快，也好奇這位偉大的偵探對這起槍擊案有何見解。如果是福爾摩斯，相信凶手早就抓出來了吧。

接著，柯林沉沉睡去，夢見霧氣籠罩的夜以及煤氣燈照亮的街道。

隔天早晨，柯林站在西谷高中的柏油地上，他身穿新買的緊身衣，手裡緩慢運球，心裡則想著線條。

籃球在拍打下規律彈跳於手指及地面之間，柯林感覺得到籃球表面那兩條線，彷如穿越南、北極環繞地球的赤道及國際換日線，這兩條線也將籃球圈住。柏油地上，籃球半場的線因為日晒、雨淋、人踩而重畫過好幾次，而且每次的位置都和先前的有偏差，柯林見了十分不暢快，因為這樣的線一點也不像清楚分明的疆界線，感覺只是在告訴大家這裡有個籃球半場。為了舒緩情緒，柯林轉而將注意力放在來回彈跳的籃球上。

「哈囉，柯林，現在離萬聖節不是還有一段時間嗎？」

古柏和艾迪出現在眼前，古柏還咧著嘴問了這麼個問題，令柯林摸不著頭緒。正準備附和說十月三十一日的確還有兩個月時，他才意識到古柏是在講自己穿的橘黑相間上衣，他的問題是諷刺語句。要是知道柯林能分辨反問句，瑪莉一定很得意，因為她曾花好幾小時的時間教導柯林如何分辨單純敘述句（你今天看起來很好）、暗喻及諷刺（比起窗戶你更曉得怎麼當門——意即「別擋住我的視線」）。古柏的話似乎屬於後者。

「橘色和黑色是加州理工學院的代表色，」柯林如此解釋：「這件上衣是我和爸爸參加校友活動時得到的。」

古柏和艾迪聳聳肩，顯然不清楚加州理工學院的運動史。不過，古柏穿南加大特洛伊美式足球隊球衣，艾迪穿聖母大學運動背心，他們都能理解小孩子會用父母親母校代表色來裝飾自己的心理。

「隨便啦。」古柏繼續說道：「我們昨天看到你練習射籃。」

就柯林所知，古柏這幾年從沒一次和他說過這麼多話，難道彼此的關係正在加溫中？柯林希望如此。昨天參與打架的人幾乎都是古柏的朋友，所以他可能有珍貴的情報。

「謝謝你，古柏，」柯林這麼回答：「能不能請問你關於……」

「重點是，」艾迪突然打斷柯林的話：「你要不要和我們一起打三對三？」

「打什麼？」以前沒人問過柯林這樣的問題。

古柏笑著說：「籃球啦，小兄弟，我們想找你加入。」兄弟這個萬用稱呼通常被拿來表達親暱，和輕蔑的小巴士明顯不同層次。柯林接受這改變。

聽起來這兩個男孩想邀請柯林加入他們的圈子，柯林很興奮，因為這表示他們搞不好會提供生日蛋糕與手槍事件的情報。

「你覺得呢？」艾迪催柯林給答覆。

「只要加入，你要什麼有什麼。」古柏隨後加了這句話。

「我馬上回來。」柯林如此回答。

他經過三組在打半場三對三的學生，發現比賽中有人犯規、謾罵和打架，掃視整個籃球場地，卻沒見到圖任廷老師的身影。

圖任廷站在柯林身後說：「費雪同學。」他好像憑空冒出來的，但柯林隨即想到，或許老師一直都待在那裡，畢竟，像老師那樣年紀的人，移動時怎麼可能都沒聲響。不過，現在有更重要的事情得處理。

「老師，我有問題……」

「什麼問題？」

「玩籃球會有很多肢體接觸嗎？」

圖任廷老師盯著柯林看了好久，而柯林為了保持禮貌也不敢把眼睛移開。如此強烈的視線使柯林想起他很喜歡的懸疑故事《三十九級台階》[4]，故事作者為約翰．巴肯，他形容故事裡的壞人像老鷹，眼皮稍稍蓋住眼睛。柯林本以為這種形容過於誇大，但圖任廷老師的獨特眼神卻真的很像掠食性鳥類。

「你是陶瓷娃娃嗎？」老師問道：「害怕自己會碎掉？我不覺得你是陶瓷娃娃啊。」

[4] 一九三五年，希區考克將這本小說改編成電影，並且擅自更動故事設定，譬如，安娜貝兒被一名叫法蘭克林．史估德的人物取代。費雪先生認為，如此更動是想為女性觀眾增添些「浪漫氣氛」，但他無法解釋，為何希區考克會認為女性觀眾沒辦法喜愛原始設定。

柯林曉得這也是諷刺語句——圖任廷老師好像很喜歡講這種話。但老實說，柯林之所以分辨得了是因為老師問完後又自己講出答案。

「不是，」柯林說：「我不是陶瓷娃娃，只是不喜歡別人隨便碰我。」

「我也不喜歡，但人生就是場碰撞性運動，而且沒人有防具可以戴。」老師的鷹眼不看漏任何事物：「籃球不像美式足球，不會怎樣的。」

說完，圖任廷便將視線轉向一場正在進行的比賽。柯林仍猶豫著是否要打籃球，畢竟，有機會找古柏和艾迪問話是很棒，但內心所介意的事影響也不小。柯林走回古柏和艾迪身邊。

「我準備好打籃球了。」

對手是史丹以及兩名跟他一樣高大魁梧的男孩，柯林見了猶豫一會兒。又來了個和槍擊案有關的人實在幸運，但要和這樣一個殘忍、壞脾氣的人對打就沒幸運可言了。

比賽開始，柯林觀察古柏和艾迪的動作，學他們張開雙腳、擺動身體。史丹守艾迪，不斷出手想拍掉他的球或者逼他出界。艾迪趕忙將球傳給柯林，此時沒人看住柯林，因為另外兩個男孩全去守身材高大、更具威脅的古柏。

射過來的球扎痛柯林的手指，他接了球卻動也不動，陶醉在剛剛的傳球拋物線裡。艾迪吼道：「快射啊！」

柯林聽了趕忙雙手射籃，球在空中劃出拋物線，一如球體表面的線條，柯林心想，這樣的相似性是否為巧合？此時，籃球從籃框一穿而過。

「好球！」古柏興奮大喊。史丹無法置信，驚訝得臂膀突然向下沉，令柯林聯想到線突然被剪掉的牽線木偶。「這小子得兩分！」

轉攻為守時，古柏玩笑的拍了拍柯林的肩膀。柯林縮起身子，壓抑想尖叫與反擊的衝動，因為他認為古柏只是想恭喜他。

「請別這樣，」柯林的語氣比以往更緊繃、更沒抑揚頓挫：「不然，至少碰我前先說一聲。」

古柏高舉雙手退開：「好。」

那句話只是聲明，並非指責，和每個與柯林同班好幾年的學生一樣，古柏也清楚柯林的習慣——儘管他不見得能理解。

史丹看在眼裡，輕推隊友並做出推人的動作。兩個男孩見了也點點頭，表示會照辦。

比賽重新開始，古柏從史丹的隊友手裡搶過球，兩邊攻守互換，這次，史丹守柯林，等著古柏把球傳過來。

史丹緊守柯林，並且憑經驗預料到對方會笨手笨腳的想找機會射籃。他伸出長手，碰觸柯林的上衣及手肘想搶球。

「請不要這樣。」柯林喘著氣說。

太遲了。史丹偷走球再搶入禁區，輕鬆上籃。柯林呆站著，試圖解析自己的情緒，除了熟悉的憤怒與恐懼，似乎還有一種陌生的感覺，那時柯林才發現一件很重要的事情：他不喜歡輸。

古柏跑過來說：「別被史丹影響。」他口氣平和，想提供幫助：「他就是希望你那樣。」

幾秒後，艾迪拿到球直接傳給柯林，柯林邊運球邊用空著的手當防護盾，但一點用也沒有，不管轉到哪邊，史丹總會出現在面前。

古柏和艾迪看著這段，表情**沮喪**且愈來愈**不滿**。雖然半場三對三的比賽沒有二十四秒限制，球拿在手中太久還是不行的。

艾迪喊：「快投啊，現在沒人防守。」柯林沒辦法出手，因為史丹的舉動令他十分不舒服，只能無止境重複同樣的動作——前進，假動作，後退——彷如老舊黑膠唱片不斷重複同一段音樂。最後，柯林打破僵局，將球傳給艾迪，但他被守得太嚴，於是又把球傳回去。

「射就對了。」艾迪懇求道。

史丹跑到柯林面前咧著嘴笑，他環顧四周尋找圖任廷老師，這時老師正在另一端教某個胖男孩跳投。史丹滿意的將頭轉向柯林，臉上再次露出笑容，十分**得意**。

柯林看著史丹的腳，發現他前前後後的防守策略存在著某種模式，破解之道是衝過去搶理想的射籃位置。這是好計畫，而且說不定能成功，可是柯林突然感覺左手刺痛，原來是史丹抓住柯林手腕，拇指插進骨頭附近的神經組織，這就是武道家所說的「穴道」[5]。

球掉出去，被史丹奪走，此時柯林發出野獸般痛苦憤怒的嘶吼，那聲音好恐怖，恐怖到連史丹也呆住，讓柯林有機會搶回球。

無人防守，但柯林沒射籃。

史丹的臉被橘色物體砸到，下一秒，脖子已被柯林狠狠掐住，兩人皆跌到柏油地上。

西谷高中的校園鬥毆事件通常不會持續太久，打架的人在受重傷之前便會被拉開。不過，向來溫和的柯林突然展開瘋狂攻擊，令古柏、艾迪及史丹的朋友看傻眼。史丹想掙脫卻徒勞無功，柯林依舊掐住他的脖子嘶吼，漸漸的，史丹的臉色愈來愈紫黑。

圖任廷老師出現在兩人中間，以迅雷不及掩耳的速度將柯林拖開。史丹被掐得說不出話來，臉上不停流血，脖子則留下柯林的指痕。接著，老師將張牙舞爪、又吼又叫的柯林夾在腋下，像顆球般默默帶走。

籃球場上鴉雀無聲。

古柏轉頭對艾迪說：「千萬別惹毛小巴士。」

柯林坐在校長室外廳，裡頭的鐸蘭校長及圖任廷老師已經談了快一個小時。古柏告訴他們，史丹得為這次鬥毆事件負上許多責任。為了這件事，校長還聯絡區內數名律師，結果他們都提到處罰特殊需求學生會招致何種法律後果，更別說學校根本就不該讓這類學生碰上鬥毆這種狀況。

結束討論後，鐸蘭校長什麼也沒說，只是交給柯林一張紙條，上頭要他某天放學後留校。柯林毫無怨言的接受這項處罰。

以條理秩序為依歸的柯林很清楚，破壞規矩會有不好後果，令他比較困擾的，反而是之後在餐廳遭遇的目光及私語。高中如監獄，日復一日沒兩樣，因此，柯林這樣不尋常的行徑自然成為話題。

[5] 某些柔術流派常用「穴道」來控制對手的行動。柔術之所以受男孩子喜愛，有部分原因是它結合武術並滿足人們對日本忍者的浪漫幻想。忍者是神祕的刺客，善於迅速攻擊再立刻遁入黑暗之中。柯林認為當忍者很酷，但要肢體接觸就不酷了。

面對如此注目，柯林選擇用以往排解壓力的方式來處理——他要自己將精神放在慣常作息上：坐平常坐的位置，打開包裝午餐的塑膠袋（五片低脂義式香腸、一顆蘋果、椒鹽脆餅、芹菜、紅蘿蔔及兩片奧利奧巧克力餅乾），並且觀察其他學生。

魯道夫坐在同個角落，正對著朋友及追隨者談笑風生，講著講著還手掐脖子，模仿被勒住的情形。

在運動健將那桌，史丹將湖人隊連帽外套的拉鍊拉得高高的，遮蓋脖子上的瘀青，他小心緩慢的吞嚥三明治，偶爾還轉頭狠盯柯林，古柏則不將視線放在柯林身上，要嘛沒看見，否則就是不願意這麼做。不管原因為何，這種時候找他們問話似乎太沒大腦了。

柯林小心的將午餐放回塑膠袋裡，然後走到梅莉莎那桌。他一靠近，梅莉莎的朋友便停止交談，全靜靜的瞪柯林。梅莉莎雖然不像朋友那樣有敵意，卻也異常警戒。

「哈囉，梅莉莎，妳好嗎？」柯林問道。

沒有回應，好尷尬，梅莉莎正猶豫該不該在朋友面前向柯林打招呼。此時，其他學生也停止交談，彷彿餐廳內的人都往柯林這邊看。

「我很好啊，有什麼事嗎？」

和梅莉莎同桌的人全掩嘴竊笑，但柯林裝作沒看見。

「老實說，是有件事，」他繼續說道：「可以問妳一個問題嗎？」

「等一下，我想先問你一個問題。」珊迪如此表示，朋友們見了都掩起嘴，柯林心想，這些人是菜渣卡在牙縫，所以才得遮住嘴巴嗎？「聽說你體育課的時候發飆，狠狠攻擊史丹．克朗茲，活像他偷走你的口袋保護套還是什麼的。這是真的嗎？」

艾比和艾瑪放聲大笑，使柯林確定珊迪的問題是諷刺語句。梅莉莎別過頭，從細緻的尖下巴到耳垂全脹紅了。**尷尬**。

「我沒有口袋保護套，」柯林回答：「我的體育服也沒有口袋，那是件加州理工學院的T恤，純棉、不含聚酯合成纖維，穿起來比昨天那件舒服多了。我不喜歡合成纖維，因為穿在身上刺刺的。」

艾比和艾瑪笑得更大聲了。

「真的，還有，要是合成纖維碰到火……」

「柯林，你要問什麼問題？」梅莉莎打斷他的話，如此行為也很不尋常，因為梅莉莎很貼心，不管柯林的話多奇怪，總會讓他說完。

「如果我想騙爸媽，要怎麼做才好？」

七年級的時候，柯林發現一件怪事，梅莉莎總穿長裙或樸素的深色長褲來學校，再到女廁裡花個幾分鐘換上破洞牛仔褲、短裙或當下流行的服飾，等放學再換回來。不管怎樣，她回家前一定會穿回原本的服裝。

觀察如此怪異舉動六個月後，柯林告訴瑪莉這件事，他說他不懂，為何梅莉莎要帶兩套衣服來學校，而梅莉莎也不肯回答，態度還很差，簡直快**生氣**了，令柯林不敢追問。

瑪莉提出見解：「她不想照父母的喜好穿衣服，也不想讓他們知道啊。」雖然柯林認為沒必要撒這樣的謊，但如此解釋的確合理。因為這件事，梅莉莎是柯林心中教人撒謊的理想老師。

那天下午，柯林第一次對媽媽說謊。

電話打來時，費雪太太正在忙，她邊摺衣服邊主持太空總署四大分部工程師的網路會議，與會者來自噴射推進實驗室、休士頓太空中心、華盛頓特區太空中心及佛羅里達太空中心。「如果關掉紅外線影像裝置、錯開檢查工作及最後準備工作的時間，這樣就有足夠的發射時間了。」她邊說邊辨識手上這件襯衫是誰的，孩子已經長大，身形和費雪先生差不多，所以很難分清衣服是誰的。「現在……」

她的手機響了。柯林。費雪太太停下工作望著螢幕顯示的來電者照片——柯林站在航太博物館外面，臉上掛著罕見的燦爛笑容。這張照片是六年前拍的，當時柯林只有現在的一半歲數，影像裡的他永遠不會長大。

「等我一下，」費雪太太說：「世界快毀滅了，而我兒子就在災難之中。」與會者全笑了，他們都認識柯林，很清楚這孩子從不會惹上麻煩，更別說是世界毀滅那種大災難。

費雪太太將會議設成靜音，然後接起手機：「柯大哥，我現在有點忙，有事可以待會兒再說嗎？」

「媽媽，對不起，」柯林的口氣一如往常，愉悅而又有點平板，他和其他人不同，見面聊天跟講電話都用同樣的語氣：「我只是想告訴妳，今天放學我得留在學校做研究。」

電話兩頭寂靜無聲，費雪太太當下覺得有古怪，怎麼開學沒多久就有研究要做。然而，她又想，柯林愛研究，他才不管是不是老師派的作業。

「好吧。」她說：「六點前會回家嗎？」

「會。」

「到時候見囉。祝你研究順利。」

更長的沉默。

「謝謝。」柯林簡單說完便結束通話。

費雪太太看著七歲柯林的笑臉照，時光彷彿凍結在那一刻。接著，螢幕轉暗，咒語消失，她又開始工作。

柯林很清楚，自己本該受處罰、留在學校，但這是預料之中的風險，沒辦法，畢竟調查案件的機會飛了。世事本就如此，時間會一點一滴腐蝕證據及目擊者的記憶，而柯林正需要這兩者來證明韋恩·柯納利的清白。

他小心的將手機放回背包內，然後盯著筆記本出神。這個禮拜第二次，梅莉莎在上頭留下女孩子氣的潦草字跡。

> 媽媽，對不起，我只是想告訴妳，今天放學我得留在學校做研究。
>
> 祝好運！XO[6]

梅莉莎提醒柯林別把最後那句話大聲講出來，卻巧妙不提「XO」的含意。這兩個字母不是她名字的縮寫，也不像是用羅馬數

6 譯注：這兩個字母代表擁抱及親吻的意思。

字標記的年份[7]。最後，他把字母圈起來，注記要繼續調查。

翻到前一頁，重新確認目的地住址，此時柯林身處陌生社區，急著確定沒走錯路。他依照手機地圖小心前進，但自己很清楚，機器不是用來信任而是拿來確認的。

這條街道位於聖佛南多谷西北角，沿路擠滿髒髒的雙層樓灰泥公寓建築，這排磚紅色住宅有著尖尖的屋頂，將切茲沃斯及西米谷隔開。公寓前有鋼筋水泥圍牆，午後陽光照耀下，圍牆上如鯊魚牙齒般的金屬閃閃發亮。

走在布滿裂紋的人行道上，依照斑駁的路牌找尋與校長辦公室內看到的號碼一致的門牌。接著，柯林停下腳步，隻身一人毫無防備的站在韋恩家門口，並且開始做記錄。

韋恩·柯納利的家。一層樓，油漆剝落。有菸味及酒臭味。前院滿是玩具，包括獨眼玩偶。白色輪子的粉紅色玩具車停在車道上，旁邊是台生鏽的本田汽車。韋恩應該大到沒辦法騎這台玩具車了吧？是弟弟妹妹的嗎？

柯林發現大門貓眼下方有塊光禿禿且油漆剝落的部分，應該是以前裝廉價門鈴的地方，如今門鈴已經不見，不知道是脫落了還是被人拔掉，兩種情況都有可能。柯林握拳準備敲門，卻突然想起那些關於小孩、詭異森林與不該打開的門的童話故事。

但他還是敲了。

7 人們有時用羅馬數字（I、V、X、L、C、M）來標示年份，這在電影結尾的謝幕字卡十分常見。此外，重要運動賽事（如超級盃）也會用羅馬數字表示年份。一九八〇年代曾有一小段時間很流行用羅馬數字來代表電影續集，如《星艦迷航記II：星戰大怒吼》和《超人II》。不過，這種風潮在《星艦迷航記V：終極先鋒》和《超人IV：決戰核能人》後便逐漸退流行，原因可能在於票房不佳。針對這解釋，柯林存疑。

第八章　杜賓的超然態度

一般讀者多半以為柯南・道爾爵士寫的福爾摩斯系列是最早的現代偵探小說作品。這是錯的。

其實艾倫坡虛構的法國偵探杜賓比福爾摩斯還早五十年，他才是現代偵探小說的始祖。在《失竊的信》、《莫爾格街兇殺案》及《瑪莉・羅傑命案》這三篇故事裡，艾倫坡創造出全新的犯罪打擊者。杜賓喜於分析、想像力豐富且很會揣摩犯罪者的心理，這樣的角色在偵探小說界極具革命性。

不過，杜賓的辦案動機比他的辦案手法更具革命性。幾世紀以來，偵探小說總描述英雄如何打擊犯罪、將惡人明正典刑，故事主軸也老繞著報復、捍衛個人、家族名譽或者整頓社會秩序打轉。然而，杜賓對這些價值觀毫無興趣。

杜賓只是出於好奇。艾倫坡創造出這號人物，成為福爾摩斯、阿嘉莎．克莉絲蒂的白羅偵探以及犯罪小說範疇所有紳士型偵探的仿效對象。他的作品讓世人知道該如何不帶感情、不具偏執的推導出正確結論。艾倫坡的成就不在於他多麼快速而輕易的改變我們對犯罪、懲罰的看法，而在於世人花了好久的時間才跟上他的腳步。

如今，大家多半不曉得杜賓是誰。我曾和其他許多讀者一樣，搞不懂為什麼福爾摩斯的故事比較討喜，直到有天看弟弟的漫畫時才發現，福爾摩斯思慮縝密、醉心於犯罪事件，而且還擁有超人的精力與智慧，他不僅僅只是偵探，根本是史上第一個超級英雄。

屋內昏暗，飄出一些味道，像是菸味、霉味以及需要更換的貓沙盆散發的阿摩尼亞味。有個男人叫道：「門沒關！」

柯林踏進房子裡，他小心翼翼的用嘴巴呼吸，假裝腐臭物的微小粒子不會伴隨氣味從鼻孔鑽進他的身體裡。兩眼適應黑暗後，他看見有個留小鬍子的禿頭男人窩在沙發中喝啤酒，兩腿還架在玻璃咖啡桌上。電視螢幕裡，有名操著德州腔的高個子男人正在為現場觀眾進行心理諮商。

柯林說：「你好，柯納利先生。」他邊說邊尋找不髒的物品，好將視線停留在那東西上。

「柯納利先生？真有你的。」男人說著發出輕蔑的冷笑。柯林覺得很怪，因為他並非在開玩笑。

「韋恩在家嗎？」

一提到韋恩，禿頭男人坐挺身子、眼睛瞇成一條線，滿臉懷疑的注視柯林。「他只准跟學校人員交談。是學校派你來的嗎？」

「我是從學校過來的。」此時，柯林毫無表情的臉正好派上用場，他的話不全然是謊言，而且這比騙費雪太太簡單得多。

男人哼聲道：「韋恩，給我滾過來！」他的吼叫聲蓋過電視節目的雜音：「學校有人來找你！」

屋後某處的門被打開，走廊上傳來沉重腳步聲，那個人愈走愈近。韋恩不情不願的踏進客廳時，柯林不自覺倒抽一口氣。

「你他媽在說……」韋恩開口便臭罵禿頭男人，令柯林嚇一跳，這麼和父親說話實在太沒禮貌了。不過，韋恩話沒說完便看見柯林。

「是你。」

「哈囉，韋恩，」柯林說：「我得和你談談。」

「到外面說吧。」韋恩蹲下身綁緊廉價高統鞋的鞋帶，同時點頭示意柯林往前門走。

窩在沙發裡的禿頭男人轉頭發現韋恩準備出門，不開心的大叫：「喂！警察要你待在家裡耶！」

韋恩毫不在乎的慢聲回應：「隨便啦。」說完便跟上柯林的腳步一同離開。

禿頭男人仍不死心，作勢要拿掛在牆壁上的老式膠木電話：「你是要我打電話通知警察嗎？」

「對啦，阿肯，快打，」韋恩如此回答：「如果我媽知道你把她兒子送去少年管束，看她還肯不肯讓你住這裡。」他說完便笑著往門口走。柯林也笑了。瑪莉曾告訴柯林，笑是社交的一種方式，他以為剛才的笑只是表示自己對韋恩那番笑話的讚賞。但韋恩顯然不這麼想，他抓住柯林的手腕便往外走。

「喂！」禿頭男人（名叫阿肯，柯林默默記住以供之後記錄）在後頭吼道：「你給我回來！我發誓我會通知警察！我要打電話了喔！」老舊的紗門砰一聲關上，阿肯也不再吼叫了。

韋恩問：「他有起來嗎？」

「沒有，還坐在沙發上。」

「我就知道。」韋恩帶柯林走了一小段路，然後用蠻力把這個小個子的身體轉成面向他。「你在搞什麼鬼？來這裡嘲笑我的嗎？」韋恩邊說邊將大大的手掌緊握成拳頭。

「不是的。」柯林無視韋恩的威脅，直盯他的雙眼，他覺得這樣才有禮貌：「我是來證明你的清白。」

韋恩站在人行道上注視柯林，眨了七次眼才滿臉困惑的回應：「跟我來。」

柯林跟著韋恩到當地的公園，沿途經過一整排單層樓建築，那些房子的窗戶全裝上柵欄，看起來十分需要重新粉刷。這條路上的樹稀稀疏疏，人行道年久失修，呼嘯而過的汽車似乎不在乎行人安全，空氣中則有股淡淡的刺鼻機油味，整體而言還算可以忍受，但只是差強人意。

公園本身位於聖塔蘇珊娜山腳下，這座山脈隔開聖佛南多谷與西邊的西米谷。「我知道我們要去哪裡，」柯林說：「可是公園因為鉛污染關閉了。以前這裡是射飛靶的地方，但我爸爸說一九五〇年代有人在附近測試核子火箭，結果使土壤遭受放射性污染。這真的很糟糕，因為他們最後也沒製造出核子火箭。」

柯林對自家附近那座野外試驗場充滿興趣，那座場地由國防工業單位管理經營，冷戰期間進行過多次小型核反應爐測驗，目的在於改善太空計畫。十一歲時，柯林曾帶三瓶水及兩條燕麥點心棒獨自前往試驗場。兩小時後，費雪先生接到試驗場警衛來電，告知他的兒子在他們那裡。他趕到現場前，試驗場工程主管[1]已破例帶柯林在裡頭晃了一圈，滿足他對太空計畫的強烈好奇。

韋恩轉頭看看柯林，臉上掛著難以理解的表情，感覺是**開心**參雜**憤怒**。

公園被網狀鐵圍籬圍起來，韋恩默默指著圍籬上的洞，洞對面可見一大片草地，上頭到處是成堆的紅棕色圓石，令柯林想起東非賽倫蓋蒂平原的照片。

「這邊。」韋恩替柯林指引方向，帶他到一處路邊看不到的地方。

柯林說：「我喜歡這座公園。」他們找了塊扁平的大圓石，坐在上面：「要是有獅子就更好了。」

1 在一九六〇太空競賽年代，聖塔蘇珊娜野外試驗場是鮮為人知的研究據點，主要負責測試火箭引擎及核反應爐。一九五九年發生世界首起核反應爐爐心熔毀事件，這意外只有少數當地居民曉得。

即使韋恩對獅子有什麼想法，他也沒提，只是告訴柯林：「說吧。」

柯林說了。

柯林花不到五分鐘的時間解釋：為何韋恩不可能帶手槍去學校？為何校方及調查單位盯上韋恩？柯林邊解釋邊仔細觀察韋恩的肢體動作，看他的粗壯手臂從交叉在胸前變成敲打石頭，看他身體向前傾且充滿**興趣**，表情閃現**不滿**及似有若無的**憤恨**。

「目前警方只是因為你的過往行為而心存懷疑。」柯林下了如此結論：「要是有確切證據，早就逮捕你了。」

「我被偵訊時曾接受火藥粉測試，」韋恩皺著眉、兩眼直盯右上角，人類在回憶時常出現如此動作：「他們說測驗結果為肯定。」

柯林強調：「只要距離手槍發射地點四公尺半以內，在射擊殘跡測試中都會呈現陽性反應[2]，他們只是想騙你認罪，這是典型的偵訊技巧。」

「你懂真多耶，你爸是警察嗎？」

「不是，我只是愛看偵探小說。」

韋恩看看自己的手再抬頭告訴柯林：「我從一年級就開始欺負你，你卻想幫我洗刷罪名，你以為這麼做我就會放過你嗎？」

「我以為這麼做，就能解開這件懸案。」

韋恩注視著柯林，時間大約十四秒吧，因為看手錶太沒禮貌，所以柯林靠數心跳來計時。接著，韋恩笑了，柯林這次決定讓他一個人笑就好。

「很好，兄弟。」

柯林不知道什麼好不好的，他要的只是客觀的事實，雖然他曉得許多人有認清真相的困難。「警察還問了你哪些問題？」

---

2 射擊殘跡（gunshot residue）指的是殘留在射擊者皮膚、衣服及武器上的燃燒與未燃燒粒子，如果是近距離開槍，被害者身上也會有火藥殘留。此外，火藥粒子也可能飄到射擊範圍附近的目擊者身上。鑑識專家可藉由這項測試來確認某人是否身處犯罪現場、他／她當時所在位置、甚至是使用何種槍枝。然而，射擊殘跡並非十分理想的分析工具，因為犯罪現場可能會有其它類似粒子，從而混淆鑑定結果。

「他們一直問我和『家族』有關的問題。」

柯林皺起眉頭，他想起那個脖子上有蜘蛛網刺青的警探以及《洛杉磯時報》地方版所刊載的一系列報導。費雪先生老說要停訂報紙來省錢，新聞可以上網看，但柯林喜歡觸摸實體報紙的感覺，不知怎的，這讓新聞報導變得更真實。柯林回憶道：「家族是中南美洲人組成的幫派，根據地在北谷。」

「很好，vato。他們說，去年在凡奈斯那裡有人開著車用那款手槍射人，還一直問我是不是跟那群人有往來。」vato是住在洛杉磯東部的墨西哥裔美國人愛用的俚語，意思是兄弟、好朋友，但韋恩看起來不像墨西哥人、柯林也不是他的好朋友。

柯林問：「那你有嗎？」他湊近看韋恩的脖子，那是刺青還是胎記？

韋恩轉頭露出那塊胎記，還怪腔怪調的學墨西哥人回答：「噢，對，ese，血債血償豪情三兄弟，La Raza萬歲！」

柯林將這個新資訊整理進筆記本內。

韋恩・柯納利——黃棕頭髮、白肌膚。聲稱是墨西哥人。個性像，但姓氏不像。繼續調查。

柯林一直以為韋恩的祖先來自英格蘭與愛爾蘭，但說不定他是混血兒，有個祖先在聖派崔克軍團當兵[3]。當他準備問與拉丁血統相關的問題時，韋恩大聲說：「笨蛋，你是怎樣？」

「沒有啦，」柯林表示：「只是有時分不清人家是在開玩笑還是認真的。」

「喔，我可沒這種困擾，我很了解那些人，還不就毒品、槍枝、打架——還有些壞事。」

[3] 美墨戰爭時，有一群愛爾蘭裔天主教美國人逃至墨西哥組成聖派崔克軍團，他們接受優於本土軍隊的待遇且被視為精英砲擊隊。最後一場敗仗中，由於擔心被判叛國罪，所以拒絕投降，為此甚至槍殺打算拋下武器投降的墨西哥士兵。一般認為他們背叛的動機在於同情同信天主教的墨西哥人，因此與之聯手對抗新教徒為主的美國軍隊。

韋恩認識「那些人」。這表示他們很熟。是黑幫關係？

柯林點點頭，心裡很清楚「壞事」指的是什麼，因為報紙新聞都有講。「這是你開學那天跑出學校的原因嗎？為了見他們？」這單純是柯林的推測，電視裡的偵探會稱這種行為是「私下盤查」，雖然不喜歡，但這種手段有時能獲得有用情報。

「你的問題真多耶。」韋恩說。

「是啊。」

「不是。」韋恩回答簡短，臉上不帶任何情緒，如果那不是實話，就表示他很有撒謊的天分。不管怎樣，他並未多加解釋。柯林知道自己得接受韋恩的否定答案——話沒套成。

忙著思考接下來該怎麼調查時，柯林突然想到要告訴韋恩自己的計畫。「我知道我們下一步要怎麼做。」

「投降嗎？」韋恩插嘴這麼問，表情苦澀。

柯林揚起一邊眉毛，這動作模仿自史巴克，他在鏡子前面練習好幾小時才成功。在這時候挑眉表示柯林看不出投降能帶來什麼幫助，甚至搞不清楚韋恩為什麼有這項提議。「不是。」他彷彿是充分考量過韋恩的建議後才給出答案：「我們要找出手槍的買主，再調查槍擊案發生時有誰在餐廳內。警察也問過我西谷幫派活動的事情，這表示我們學校有家族的人或者知道如何聯繫他們。」

「就這樣？」

柯林忙著找背包裡的聖佛南多谷公車路線圖，所以沒看見韋恩臉上的嘲諷表情。其實這有點可惜，因為那神情和速查表所畫的出奇的像。

「不只，」柯林邊掏出地圖邊說：「你知道去哪找家族裡賣手槍的人嗎？」

韋恩心想，這次是自己聽不懂笑話嗎？看見柯林沒來由的揚起嘴角，他才發現自己的確沒聽懂。

「你看！」柯林興奮大叫。

韋恩望過去，公園邊緣有頭暗褐色土狼神氣的朝西邊山丘跑去，牠似乎感受到這兩個男孩的視線，於是轉頭看了一下。接著，大概認為韋恩及柯林沒有威脅，所以又繼續向前跑。

「你說的沒錯。」韋恩皺眉注視土狼消失在灌木叢中：「如果是獅子就好了。」

柯林聳聳肩，心想，土狼也很棒。

十五分鐘後，費雪家廚房的電話響了，柯林的媽媽正在整理買回來的食物，丹尼則站在敞開的冰箱前，看著裡頭能選擇的零食生悶氣。是柯林打來的。費雪太太放下麥片盒接電話。「喂，研究還順利嗎？」

「噢，順利啊，」她聽見柯林回答：「可是我發現有更多研究要做，所以才打這通電話。我晚餐前會回家。」

「好吧……」費雪太太嚇了一跳，話也愈說愈小聲，她聽見電話那頭有怪聲，好像是柴油引擎的低沉聲響。

「柯林，那是引擎聲嗎？」

「切茲沃斯圖書館沒有我要的書，」柯林忽略媽媽的問題說道：「所以我正搭公車去北橋分館。應該不會花太多時間。」

柯林的回答及口氣很古怪，令費雪太太皺起眉頭。換作是其他小孩，她會覺得他事先演練過、早針對即將面臨的問題準備好答案。但柯林不是其他小孩。

「好吧……小心點。」最後，她這麼表示：「還有，別忘了今晚吃披薩。」

有好一會兒，電話中只聽得見遠方柴油引擎的聲音。

「媽，我愛妳。」柯林說完便掛電話。

費雪太太將話筒擺回基座，手卻移不開，心裡直想是否該回撥給柯林。她和丈夫及治療團隊花了好幾年的時間想讓柯林能自然表達對母親的情感，而現在，柯林卻脫口說出來，實在奇怪。

某個經歷異常繁忙工作日的下班夜晚，柯林第一次對媽媽說愛她。當時，費雪太太坐在餐桌邊吃冰淇淋（這表示她想讓心情好轉），柯林從後院跑進來，半句話都沒說便砰、砰、砰的上樓回房間，可是他到半路卻停下來（沒人知道為什麼），跑回費雪太太身邊說：「媽，我愛妳。」這句話比冰淇淋還棒。

那天晚上，柯林在筆記本裡寫道：

今天我對媽媽說「我愛妳」。媽媽聽完哭著把冰淇淋丟到一邊，不知道我那樣做對不對。爸爸說，女人「太激動」的時候都會那樣，可是我不懂，媽媽幹麼為了一個已經知道的事實激動成那樣。繼續調查。

「他是個大騙子。」丹尼甩上冰箱門走到櫥櫃邊。

「別傻了，柯林才不會撒謊。」費雪太太回答得有點快。

「是，是，是。」丹尼拿著一包起司條及蘋果到客廳，留下媽媽獨自在廚房，而剛買回來的食物依然還沒整理好。

韋恩也說：「圖書館？這藉口超級爛，她怎麼可能會相信？」

現在距離柯林家有六、七公里遠，眼前這條長達三十幾公里的大馬路連接聖佛南多谷東西端，上頭有許許多多的公車穿梭，他們搭上其中一輛骯髒的橘色運輸局公車。公車內，柯林緊縮手腳，因為四周擠滿陌生人、看起來好不友善。公車理應容納比法定上限更少的乘客，讓大家坐得舒舒服服，可現實卻恰恰相反。此外，運輸局公車全面使用替代燃料，所以車廂內有種異味，一股刺鼻又噁心的甜味，好像是學校更衣室和煤氣爐的味道混合在一起。

柯林敢踏進這輛公車真可算是奇蹟，但其實他是被身後的韋恩好聲好氣催上去的。「這裡面好像莫斯艾斯利酒吧[4]。」找到位子坐下時

---

4 莫斯艾斯利為電影《星際大戰》中的知名酒吧，路克．天行者及歐比王就是在這裡認識韓蘇洛。有的人說這部電影是「四部曲」或者「曙光乍現」，柯林不懂為何他們這麼稱呼，因為這一部顯然是全系列的第一集，而且主標題也是「星際大戰」這四個大字。此外，他也不懂為什麼有人要爭論先開槍的是韓蘇洛還是葛瑞多，因為葛瑞多根本沒射到誰。

韋恩如此表示，但柯林忙著數數跟思索打電話的事情，所以沒辦法回應韋恩。

柯林檢查完手機電量後，將它放回背包內的固定位置，手移動的時候不小心碰到韋恩，他也要自己別去想。抬起頭，看見有色的車窗玻璃映照出自己的身影，那張臉依舊毫無表情。

柯林說：「那大概是庫勒雪夫效應吧。」他看著筆記，上頭的潦草字跡因為公車顛簸而變得更難讀。

我發現有更多研究要做，所以才打這通電話（她會問問題或者表示關心）。切茲沃斯圖書館沒有我要的書，所以我正搭公車去北橋分館。應該不會花太多時間才是。

「什麼效應？」

「說謊的時候我語氣平淡，再加上我媽媽認為我只會說實話，所以才相信我。」

「你從來沒有騙過她？」

四周暗了下來，原來公車正穿越四〇五高速公路底下那條寬敞的水泥通道，一路往東經過林立的商家、平房及表面斑駁的灰泥牆公寓建築。市郊那片荒地從全景市延伸至維度戈山，柯林透過藍灰色車窗玻璃眺望，心中想著土狼及牠們在這片充滿岩石、樹木及青草的土地上生活的情形。

「騙過。」柯林意識到自己已經跨過盧比康河[5]，「還滿……簡單的。」

---

5 盧比康河（Rubicon）位於義大利，凱薩大帝於西元前四十九年渡之，因而聞名。凱薩那次行動使羅馬帝國陷入戰端，所以後人用「跨過盧比康河」來形容「沒有回頭路」。諷刺的是，盧比康河的河道曾遷徙，現在已經找不到那個「沒有回頭路」的點在哪裡了。

第九章　停車問題

人生就是數學。

因為數學家能將任何事情簡化成一系列公式。有時候，解答「顯而易見」，也就是說，人們不須靠數學來處理。在此，舉停車問題為例。

某間大學的數學家研究人類如何花最短的時間找到停車位，再走進商店購物。結論如下：最好的策略是停在第一個發現的空位，然後走路到店裡。

爸爸聽完敘述，問我為什麼這種事情還得要大學數學專家來分析，我說，雖然這結果顯而易見，但其實有違人類慣有的行為模式。多數人不會將車停在第一個發現的空位，反而會繼續找更好的停車格，因為他們誤以為有更理想的位置，能省更多時間。

以前，我總以為人們有這種錯誤觀念是因為數學不好，誰知真正原因是他們都愛賭，放棄眼前所有，轉而追求幾乎不可能出現的更好機會。所以我才相信數學、不信人類，數學能替我們歸納出更適當的選擇。

柯林和韋恩站在一棟灰泥屋外，屋前草坪長滿雜草、後院則被柵欄圍得死死的，完全看不進去。堅固的鐵絲網後面有兩頭鬥牛犬憤怒咆哮，聲音響亮到連鐵絲網都震動了起來。這兩隻狗的工作是嚇阻訪客，對大多數人而言，牠們的確有威脅性，但柯林沒意識到危險，反而歪著頭盯這兩隻怪物。最後，鬥牛犬舔舔嘴巴、嘆了口氣，坐回地上。

「天啊，你是怎麼辦到的？」韋恩**佩服**的問道。

柯林聳聳肩。

「算了。」韋恩說完指向這棟房子：「先說好，我和這些人來往過，所以等一下讓我處理。」

「好。」柯林寫進筆記本內。

「別提到警察跟校方在調查。」

柯林點點頭，也把這記下來。

「他們如果問你問題，你要保持冷靜喔。」

柯林重述：「冷靜。」並且在筆記本內寫下「我很冷靜」。

「還有，把筆記本收好，別讓他們看見。」

柯林想了一會兒，接著，他把筆記本放進背包內，如果等一下碰到什麼值得記錄的特殊狀況，就得靠事後回憶了。

「反正，」韋恩最後指示：「什麼都別說。」

他站到柯林前面，深吸一口氣後開始往大門走，柯林則跟在後頭，像隻不出聲的老鼠。韋恩敲門。

剛開始，感覺好像沒人在家，接著，大門忽然被一個不到十歲的男孩打開，兩眼直盯韋恩和柯林。

「你好。」柯林說。

韋恩對柯林使了個眼色，但沒碰觸他。柯林閉上嘴，默默提醒自己別把那套社交習慣搬出來。主導權回到韋恩手上，他轉頭告訴門口的男孩：「我們來找大鱷。」

韋恩口中說出這名字使柯林吃驚不已，如果他認識這個叫大鱷的人，那之前怎麼沒講？柯林努力克制想翻查筆記本的衝動，之所以能成功克制住這欲望乃是因為他很清楚，之前確實沒記過這訊息。韋恩還有什麼事沒說？柯林決定事後要調查，但現在，眼前的危險已經夠受的了。

男孩沒任何回應，只是轉身走進屋內，留下敞開的大門，他沒開口卻表達出邀請之意，如此節省氣力，令柯林佩服。

韋恩與柯林隨男孩進入。

柯林鼻子皺了皺，聞見烹煮雞肉、火腿及起司的味道，香得好舒服，真令人驚訝，連經過客廳時，他心裡都在想火爐上的菜餚。電視螢幕上，第一人稱射擊遊戲被按暫停（柯林猜是這個小男孩玩的），火箭推進榴彈發射器的瞄準裝置正對準一隻外星人還是魔鬼之類的敵人。

廚房內有三個魁梧的vatos在喝啤酒，一見到韋恩和柯林就變了臉色，從原本的**懷疑**變成**困惑**又變成……呃，柯林不是很確定，但看起來有點像**興味盎然**。此時，那三個人笑了，還講了些聽不懂的西班牙話，然後又繼續喝啤酒。柯林猜他們是家族的人。

火爐邊有個瘦瘦高高、年紀二十出頭的男人在忙，原來在做藍帶雞排。他說：「你們是來推銷雜誌的嗎？小攤販賣的還比較便宜。」

「哇，好香喔。」韋恩發自內心的興奮大叫，柯林因而推斷，他家一定沒人會煮好菜。

「沒錯，但煮得都快乾了。」瘦瘦高高的男人不開心的看著平底鍋。

「你要轉小火，燜個五分鐘。」柯林如此建議。

韋恩又瞪了一下柯林，他不懂韋恩為什麼苦著一張臉，倒是想起要保持沉默的約定。瘦瘦高高的男人也看著柯林、考慮了一下子，然後，他張嘴大笑，露出兩排雪白漂亮的牙齒，同時照柯林的建議做。

「大鱷。」柯林不由自主的將心中猜測大聲說出來。

「ese，就是我，」大鱷說：「小艾梅里爾[1]，你叫什麼名字？」

柯林突然想到，講真名搞不好是失策，畢竟這是祕密調查，通常要用假名，所以他決定也想個假名字，看來撒謊愈來愈簡單了。

「我叫湯米．威斯法。」回答時，柯林努力不帶任何表情。

「你們大老遠從塔桑納過來啊。」

「是切茲沃斯。」韋恩如此糾正。幸好柯林．費雪沒有開口幫大鱷上地理課，他根本就不用知道那些地理知識。「聽說這裡買得到『那個』。」

「那個？誰說的？」

「我朋友。」韋恩答道。

「哪個朋友？」

「好朋友。」

大鱷低下頭看韋恩，彷彿動物在宣示自己是這個地盤的老大，但韋恩並未屈服，反而選擇直視大鱷，想讓對方知道自己的地位沒有比較低。柯林想，這真是一著險棋，希望韋恩已經準備好後路——還是說，他根本沒管那麼多？要猜中他的想法實在不可能。結果大鱷先移開視線，並一臉厭惡的搖搖頭，但那股情緒似乎不是針對韋恩。他感嘆的對另外三個男人說：「我一見那個笨蛋跟他的露牙縫怪咖朋友就知道他是大嘴巴。」

「沒錯。」其中一個男人如此回答。

柯林馬上就知道大鱷指的是誰，他唯一認識的露牙縫怪咖是史丹，那麼，「笨蛋」很可能就是——

「是艾迪。」韋恩靠自己想出答案，如此意外的推理能力令柯林讚賞。韋恩不到十分鐘就做了三件讓柯林驚訝的事情，實在不簡單。

大鱷朝韋恩聳聳肩，彷彿以動作肯定韋恩的猜測。「他說要給某

1 譯注：Emeril Lagasse，美國知名廚師。

人看那東西。要把他整得尿褲子。」大鱷說「那東西」的口氣，柯林一聽就曉得他故意不講「手槍」。

「你認識艾迪吧？」韋恩緊接著說：「我叫他借我那玩意，但他不肯，反而叫我自己弄一枝。」這段話講得好流暢，柯林甚至懷疑他說的是不是實話，他也有撒謊的天分？不知怎的，這讓韋恩變得更可靠了。

「所以你才來這裡？想自己弄一枝？」

柯林想到，現在的情況就是爸爸說的「跟或不跟[2]」，現在要嘛就解釋來這裡的目的（跟），不然就等著讓大鱷請出門（不跟）。然而，韋恩還沒來得及選擇就聽到槍彈聲，大家楞了一下便反射性的衝出廚房看個究竟。

原來是客廳裡的小男孩遊戲破關了。

柯林以外的所有人都鬆了口氣，因為威脅已經消失，所以不是在笑就是解除警戒。可柯林的心臟還在噗通狂跳，他摀住耳朵用力呼吸，嘴裡喊著：「別吵，別吵，別吵！」

有個男人用啤酒罐指了指柯林，問道：「湯米怎麼了？」

「沒事，他偶爾會這樣，很好笑吧？」韋恩若無其事的把這當笑話看，但其他人可笑不出來。

「別吵，別吵，別吵！」柯林繼續喊著。

韋恩侷促不安，因為他不清楚如何安撫柯林，也不曉得他為什麼會有這種反應，他只知道屋內的氣氛愈來愈緊繃、詭譎。如此氣氛加上有武器的幫派分子，實在糟糕。

「那小孩絕對有問題。」大鱷邊說邊關掉爐火，此時，柯林的聲音愈來愈大，其他三個男人都站起來了。

院子裡，鬥牛犬再次放聲咆哮。

韋恩怒喝：「柯林！」

---

2 雖然無法確定這句習語的確切來源，但柯林是在玩撲克牌的時候學到的。「跟」指的是跟牌，「不跟」就是收牌。費雪先生很瘋德州撲克牌，碰上柯林這種記憶力超強且騙起人來臉不紅氣不喘的玩家顯得很不開心，他老說：「有天我會送你去拉斯維加斯玩牌。」但他的真正意思是「我寧願和你媽玩」。

韋恩花了點時間才發現自己做錯了，但就在那一小段時間裡，所有事情全部改變。男孩暫停遊戲，屋內毫無聲響，柯林閉上嘴巴、試圖恢復冷靜，呼吸逐漸和緩的他注意到大鱷一臉懷疑。

「我剛剛太失禮了，真的很對不起。」柯林希望這樣能化解尷尬，但事與願違。

「的確很失禮，湯米．威斯法。」大鱷皺著眉回答：「或者該叫你柯林，還是你另有其他身分？」其他人慢慢包圍住韋恩和柯林。

韋恩大喊：「快逃！」

他一把抓住柯林的手臂離開廚房、通過客廳，一個勁往外衝。柯林知道得逃離大鱷家，但韋恩這麼一抓也讓他驚慌得要命，使他思緒亂成一團。

「請別碰我！」他叫道。

「閉嘴啦！」

話講完沒多久，他們安全逃出這棟房子。

柯林和韋恩在陌生的街道上狂奔，一路經過無數商家。柯林突然想起，六歲時自己也曾這樣死命逃離遊樂場，滑梯、鞦韆與橫爬架在身邊一閃即過，胸口很悶、嘴唇腫痛、口裡含著血的腥味與淚水的鹹味，柯林記得當時的他呼吸有多重、吶喊有多大聲，全為了要讓自己的身體衝快點。腦海裡，他還看得見旁觀小孩的臉，他們不懂柯林的恐懼，有些人笑、有些人指指點點，好像動物園裡的黑猩猩，吱吱喳喳。當時就像現在，他害怕失去生命；當時就像現在，韋恩·柯納利跑在他後頭。

六歲那晚，他在筆記本內寫下一條記錄：

我今天學會如何快速奔跑。

只是現在，韋恩救了他一命，真可說是千迴百轉的一天裡又一個曲折、又一次韋恩大驚奇。柯林十分希望能停下來做筆記，但這得等之後再說。

大鱷和家族的人緊追在後，實在不妙，然而，這些男人比較老、跑得比較慢，而且（從他們的力量調節看來）顯然不喜於長跑，更何況他們愛抽菸，尤其大鱷更是個老菸槍，因此柯林暗自猜想，只要一直跑就很有機會逃脫。

然而，韋恩顯然不這麼想，他突然轉向、往馮斯連鎖超市的停車場跑，因為沒時間爭論，所以柯林只得跟著進去。

停車場到處是車，聽見喇叭聲柯林才驚覺自己和韋恩差點被輾過去。他摀著耳朵跟韋恩穿梭在車陣裡，偶爾還故意往回跑，這讓家族那群人摸不著頭緒，決定分頭包抄。

韋恩和柯林衝進超市入口，警衛看見兩個孩子被幫派分子追著跑嚇了一跳。

兩個小孩鑽進蔬果區、躲在香蕉攤後面，看著警衛擋住大鱷及其他人，柯林聽不見他們說了些什麼，但警衛手裡拿著對講機，八成是在報警吧。最後，那群男人被轟了出去，眼睜睜看著躲在蔬果攤位後頭的獵物卻沒轍。

他們倆直喘氣，韋恩手壓著膝蓋問：「你怎麼能跑得那麼快？」

「一年級時學的，」柯林如此回答：「那時你在鞦韆架旁邊揍我。」

韋恩表情僵硬的看著柯林，感覺看了很久，柯林不懂，他只是針對問題給予確實的答案，難道又不知不覺說錯什麼話了？這種事老發生，所以柯林早習以為常。

最後，韋恩只是別過頭回答：「喔。」

費雪先生在電話響第三聲時拿起話筒。

「喂，爸，我是柯林。」

「柯林？哪個柯林？」費雪先生在裝傻。

「你兒子。」柯林提供解釋。

「喔，那個柯林啊。」費雪先生如此回答：「這兒子沒回來吃晚餐，我都快忘記他了。」

「我人在席爾瑪的馮斯超市，所以才沒回去吃飯。還有，我沒錢搭公車，需要人家載。」

「席爾瑪……」費雪先生仔細重述一次，確認自己沒有聽錯。接著，他摀住話筒、對剛走進客廳的費雪太太解釋：「是柯林。他在席爾瑪。」

「席爾瑪？我的天啊！」

「噓——」費雪先生伸出手指壓在嘴唇上。費雪太太努力不作聲，生怕自己會亂叫。

「爸，你還在嗎？」柯林透過話筒問道。

「還在啊，乖兒子。」

費雪太太對丈夫擺出一張媽媽臉，想知道現在是什麼情形，但費雪先生揮手要她走開。其實他也摸不著頭緒，如果想問柯林又得費一番工夫。

「順便也得載我朋友韋恩。」

「韋恩……柯納利？」雖然如此猜測，但費雪先生努力不顯露擔憂，這不但是為了柯林好，也是為妻子著想，因為他很清楚，看見孩子身陷危難的母親最危險、最難捉摸。

「韋恩．柯納利？」費雪太太大叫：「天啊！」

「噓！」費雪先生轉過身，擋住話筒。

「我恨你！」費雪太太說。他轉過頭給了她一個飛吻。

「沒錯。」柯林表示：「是韋恩．柯納利。能載他嗎？」

「當然可以。」他的父親如此回答：「我這就過去，等我喔。」

「謝謝。」

簡短沉默後柯林又說：「爸……」

「什麼事？」

「記得把車停在靠近超市入口的地方，愈近愈好，即使要多花時間找位置也沒關係。」電話那頭又沒了聲音，柯林已把事情都交代好，於是掛上電話。

丹尼跑過來問：「是那個笨蛋嗎？」

「你哥哥和韋恩．柯納利在席爾瑪。」費雪先生如此解釋。

「別叫他笨蛋。」費雪太太警告丹尼。

「席爾瑪？不是圖書館喔？」丹尼嘴角上揚、得意大笑，結果後腦勺被拍了一下。

「你再說就有苦頭吃。」費雪太太再次警告。

丹尼扮了個鬼臉，但小心不做得太過分，然後生氣的走回廚房。他覺得，哥哥那樣，自己怎麼解釋也沒用。

費雪先生抓起皮夾和鑰匙便往外走。

「我跟你去。」費雪太太說。

費雪先生舉手搖頭說：「男孩子啊，有時最不想見到的人就是媽媽——尤其是最需要媽媽的時候。」

「這太愚蠢了。」

「是啊。」

解釋完，費雪先生獨自走入夜色，開車前去搭救兒子。

柯林看看手機才將它放回背包內。他很介意費雪先生的語氣，卻說不出個所以然。媽媽大叫、弟弟在笑，他們發現他說謊了嗎？不管怎樣，答案馬上就會揭曉。

「怎樣？」身後的韋恩問道。

「我爸爸要來載我們。」

韋恩的臉整個僵住，柯林擔心的想解讀他的情緒，結果他趕忙別過頭，最後低聲說：「太好了。」

「對啊。」

柯林不再多想，拿出筆記本及綠色原子筆，開始記錄。

第十章　無賴掠食者

棲息於賽倫蓋蒂平原的巨型動物在種類及群體密度上皆是世界之最。

這麼多不同的物種如何生存在同一塊土地上？詳細來說，就是動物們在平原上各據地盤，如果要去各種動物都會出沒的地方（像是水源地），便會依固定的模式行動以避免衝突，就連肉食性動物也有特定的出沒時間，好讓其他動物能防範。

然而，每個生態系統都有無賴掠食者，這種動物最危險，因為牠們神出鬼沒、行蹤難以捉摸，什麼時候會來水源地逞惡都不知道。

短時間內，當個無賴掠食者的確是很理想的生存手段，因為難以捉摸的行蹤能增加捕捉到獵物的機會。然而，如此生活模式卻無法長久，因為物種懂得適應環境，原本老被當成宵夜的動物開始成群結隊行動，降低被捕食的機率，這連帶影響到其他掠食性動物，於是便對不守規則的壞事者產生不滿。

無賴掠食者通常沒好下場，雖然有的因為環境變化而改變態度、乖乖依循固定模式，但有趣的是，動物界跟人類社會大同小異，壞蛋終究不會有好報，他們可能遭受的懲罰種類和賽倫蓋蒂平原上的物種一樣多。

韋恩走回雜誌區，看見柯林還在寫筆記，他說：「那些人還在，大概想等我們出去。」

柯林點點頭，但心思全在筆記本上，因為從韋恩叫他收好筆記本開始，有太多太多事情要記錄。

「你聽進去了嗎？」韋恩問道。

戴眼鏡的柯林眨了眨眼睛回答：「聽進去了，那些人還在，你覺得他們想等我們出去。」講完又繼續寫筆記。

韋恩好奇的盯著柯林，試圖了解這個怪小孩腦子裡在想什麼，但根本沒有用，因此他決定做現在唯一能做的事情——邊讀汽車雜誌邊等待救援。雜誌翻來翻去，他只看跑車照片，因為他很希望將來有駕照時，能開那樣的車。

韋恩問：「你筆記本裡都寫些什麼啊？」

「事實。」柯林邊寫邊回答。

「什麼事實？」

「各種事實。」

「喔。」

韋恩翻到有保時捷九一一照片那頁，看著那輛新車微笑，嘴裡喃喃自語：「保時捷，我爸有一輛，我真正的爸爸。」說完，他卻皺起眉頭，闔上雜誌放回書架，塞得有點大力，把書皮弄得沙沙作響。

柯林問：「你有真正的爸爸？」

「對啊。」韋恩伸手拿另一本雜誌，眼角看見柯林手仍舊沒停下來：「你在記錄我剛剛說的話嗎？」

「對。」

「你不是說筆記本裡全是事實嗎？」

「沒錯，還有些想法。」

韋恩認真的問柯林：「我能看你的筆記嗎？」

「不行。」

兩人沉默許久。突然間，柯林隱隱擔心韋恩會搶走筆記本，過往經驗告訴他這並非不可能。

「好吧。」韋恩說完，轉頭讀一篇關於改良式動力火車的文章，但他心不在焉，視線常飄到柯林和筆記本那裡，柯林就算注意到也置之不理。

「筆記本裡還有其他關於我的事情嗎？」韋恩假裝隨口問問。

「有，」柯林如此回答：「我記了很多關於你的事情。老實說，最近這幾頁裡，你出現的頻率高到連梅莉莎．葛立兒也比不上，只比我家人低。」柯林想了一會兒又補充解釋：「梅莉莎是我朋友。」

「你朋友啊。」韋恩跟著說一次。

「沒錯，」柯林表示：「梅莉莎對我很好。」

「你……呃……只記錄別人的好嗎？」

「不只。」

「那你寫筆記的習慣是從什麼時候開始的？」

「幼兒園。」柯林解釋道。

「是喔。」

韋恩將第二本雜誌放回去，然後蹲到柯林身邊。

「兄弟，說真的，你到底有什麼毛病？」

「亞斯伯格症候群，一種神經性疾病，和……」

「好，好，好。」韋恩打斷柯林的回應：「我知道你是個很聰明的怪咖，但我的問題是……你到底有什麼毛病？為什麼會在這裡？幹麼要幫我？」

「你是無辜的。」

「無辜……」韋恩靠到書架上搖頭說：「我才不無辜。我只是沒動手而已。」

「柯林。」突然間，有個男人這麼呼喊，柯林馬上就認出這聲音，一抬頭，看見爸爸站在旁邊盯著他，好像很擔心。

「哈囉，爸，」柯林說：「你好嗎？」

「很好。」費雪先生瞇起眼，花了些時間適應兒子與韋恩．柯納利坐在一起的情景：「我們回家吧。」

快到韋恩家時，費雪先生終於打破沉默：「呃，韋恩，你和柯林……你們在學校是朋友嗎？」

聽起來有點像在試探，而在某種層面上的確如此，費雪先生很清楚時間會為孩子帶來怎樣的改變，這種情形在男孩之間更明顯。友誼可能在衝突中萌芽，古老史詩《基加美修與恩基篤》講的就是這種故事[1]，這類型的朋友通常不是父母所期待的，而且費雪先生也曉得，他根本做不了主。

「呃……是啊。」韋恩勉強擠出這幾個字。

「韋恩是我開學那天提早回家的原因。」柯林突然開口：「他把我的頭壓進洗手台，然後又塞到馬桶裡沖水。」

費雪先生勉強笑了笑。韋恩則如坐針氈。

韋恩回答：「呃，沒錯。」心裡希望柯林別再說下去。

「別人認為他帶手槍去學校，但我知道事實不是這樣，因為韋恩吃東西很規矩，而手槍上卻有糖霜。」柯林確信，說實話能減輕爸爸的憂慮。

費雪先生從後照鏡瞄了瞄韋恩，眼神夾帶疑惑與警告。他聽得愈多反而愈摸不著頭緒，只能表示：「真是……棒極了。」

幸好再開沒多久便到韋恩家門口，費雪先生將車停在路邊讓韋恩下車，此時，柯林發現玩具車已經被搬進屋內。

---

1 基加美修（Gilgamesh）是殘暴統治烏魯克的孤獨君王，他與野人恩基篤（Enkidu）不打不相識，後來還一起經歷諸多冒險、擊敗惡魔哈姆巴巴。野人恩基篤個性古怪、難捉摸，與他相處的歲月使基加美修變成仁慈公正的君王兼英雄。柯林認為這是多數男人發展友情的模式——敵對而後一齊碰上災難。他常想，自己之所以沒有朋友，或許是因為討厭打架。

走到一半時，韋恩聽見費雪先生喊道：「等一下。」

韋恩深吸一口氣。站在車門邊的費雪先生實在沒辦法對今天的狀況視若無睹，於是問道：「你爸媽會介意和我聊聊嗎？」

韋恩盯著自己的鞋子回答：「不行耶，我爸媽不在家。他們常出門，去看電影。」

坐在後座的柯林看著兩人交談，他從未見過韋恩露出這種表情，所以困惑的皺了皺鼻子。事實上，他認為韋恩不可能有那種反應，沒辦法了，只能靠速查表。翻查後，柯林不得不承認眼前的情景。

韋恩．柯納利在**害怕**。

費雪先生的手指不斷敲打車蓋，思考著是否該不管韋恩、直接去敲他家的門，反正他要怎麼做根本不用經過這個十四歲男孩同意。然而，他並不了解韋恩，所以和他爸媽談有可能弊大於利。

「好吧，」最後，費雪先生說：「下次再聊。」說完便坐回駕駛座發動汽車。

韋恩猶豫了一會兒，示意柯林拉下車窗。車窗搖下時，他說：「費雪先生，謝謝你來載我們。」然後緊皺眉頭面向柯林，令柯林不知所措，「還有，費雪同學……柯林，鞦韆旁的事情，真的很對不起。」

韋恩說完，走進屋內。

柯林和爸爸聽見男人叫喊韋恩的名字，伴隨某種（令人不悅的）聲響。費雪先生盯著方向盤好一陣子，才勉強轉頭對兒子笑了笑，但柯林很清楚，爸爸一點也不**開心**。

他將心中的猜測問出來：「你在生我的氣嗎？」

費雪先生沒回答，這令柯林更加困惑。爸爸是想讓他再猜一次嗎？還是已經氣到說不出話？柯林知道有這個可能，但記憶中從未見過他爸媽如此生氣，這是他第一次覺得自己真的有大麻煩了。正當要開口說「對不起」時，費雪先生舉起手，並且張開手指。

「飛機要著地囉。」他說。

柯林作好心理準備，讓費雪先生輕輕拍肩膀。感受不到任何怒意，似乎就只是單單純純的動作。

接著，車子發動了，費雪先生沒再開口。

第十一章　他人即地獄

我爸爸在帕莎蒂納市的噴氣推進實驗室設計無人太空船航行系統，雖然聽起來很特別、很具未來感，但他負責的太空船其實和六十年前的化學火箭相當類似。如果戈達、馮勃朗及帕森斯等早期火箭技術先驅看見，想必也不會感到陌生。

幾十年來，科學家針對太空船推進方式提出許多建議，從太陽帆到離子引擎再到核脈衝推進，最後這方式是靠太空船尾端噴射原子彈撞擊防護板，藉由爆炸衝擊力將船推入外太空。不過，這些方案全在初期就打住，沒能繼續發展下去。爸爸認為這是人類之所以無法抵達比月球更遠的地方的主要原因，並非機械發展已到極限，而是人類本身的問題。

人類如果搭乘化學火箭前往火星，去程與回程至少各得花半年，接受如此長途太空旅行的太空人得長時間待在微重力的環境中，他們的肌肉會萎縮、骨骼也會弱化。此外，失去地球磁場保護後，太空人直接暴露在宇宙光中，會受到嚴重輻射傷害（根據搭乘阿波羅十三號登陸月球的太空人描述，他們一閉眼睛就感受到「閃光」不斷，這是因為宇宙光撞擊視網膜）。

這一切都很難克服，但畢竟只是機械問題，即使克服這些困難，心理障礙依舊存在——一群人住在狹小的空間內好幾個月，想逃逃不了、想獨處也不可能。爸爸告訴我：「我看過南極研究站的書面報告，內容實在不堪。」我問為什麼，他直接引用沙特的劇本《無路可出》裡的一句話作為回答：「他人即地獄。」

費雪太太和丹尼在廚房等他們。

「沒事。」費雪先生淡淡的說。

坐在桌邊吃冰淇淋的丹尼將湯匙鏘一聲放回碗內，身子靠到桌上、幸災樂禍的問：「他惹上麻煩了嗎？」他如此期待，很不應該，但柯林又餓又累，完全沒心思去分析弟弟的反應。

費雪先生看著兩個兒子，他懂丹尼在想什麼，而且覺得那樣很不應該。「柯林，把晚餐拿進房裡吃。還有，丹尼，我們怎麼教你哥用不著你操心。」他直截了當的說。

柯林小聲說了句「謝謝」，同時拿走保溫玻璃蓋底下的披薩，再從冰箱裡逐罐挑選出最冰的水，最後才靜靜上樓，腦子裡還不忘回想今天的一切。今天發生太多事情了，調查行動的下一步最好是熱水澡跟好好睡個覺。

丹尼看他上樓後，轉頭小聲問爸爸：「所以他沒惹上麻煩喔。」

「閉嘴，不然你就會有麻煩。」費雪先生如此回答。丹尼想回嘴，但費雪太太回得更快：「坐在花生座[1]的人不要有意見。這間屋子裡的花生座觀眾要在五分鐘內上床。去，去，去。」以前，費雪太太還擔心管理工程師團隊的工作經驗會影響自己管教小孩的方式，現在她才發現，原來管小孩跟管工程師沒兩樣。

丹尼沒再表示意見，甚至連口氣都沒吐，只是故意砰、砰、砰走上樓，每個沉重腳步都代表他的不滿。一會兒後，廚房迴盪起丹尼房門關上的聲音，然後聽見他小小身體撞進柔軟的床裡。

費雪夫婦坐在餐桌旁，桌上已準備好兩杯酒。接著，又傳來新聲音——水在樓上的水管內流動。

「柯林在洗澡吧。」費雪先生如此猜測，然後喝了一大口酒：「我是沒有很生氣啦。」

費雪太太嘆道：「我們之前還盼望高中生活能讓他變獨立呢。願望還是不能亂許，對吧？」

「獨立？獨立是不錯，但他除了變獨立還變壞。」

「撒謊、和不良少年跑到別的鎮上……還會有什麼？」費雪太太苦著臉。丹尼的汽水瓶在餐桌表面留下淺淺的圈印，費雪太太見了，用袖口擦掉。

「那隻貓大概又要開始叫了。」費雪先生環顧四周，尋找貓的下落。

「天啊，千萬不要，牠晚上老窩在我的臉附近，真受不了。」

「那能怎麼辦？」

「不能怎麼辦啊，我把牠丟下床，但牠又自己爬回來。真是小混蛋。」

費雪先生轉開丹尼的汽水瓶瓶蓋，想開個玩笑彈到妻子身上，結果費雪太太熟練的接住瓶蓋，並且扔進洗手台旁邊的垃圾籃內。

1「花生座」一詞是費雪太太從她媽媽那邊聽來的，但她不曉得其中確切含意。柯林八歲時告訴費雪太太，花生座是劇場用語，指的是劇院裡最便宜的位置，沒水準的觀眾都坐這裡，還會對討厭的表演者冷嘲熱諷甚至扔花生。柯林當時鄭重承諾，絕不會對媽媽扔花生。

「我們可以重新考慮送他去特殊學校，」她表示：「只是我們都清楚……」

「……那是錯誤的選擇。或許我們的日子會比較好過，但對他來說卻是錯誤的選擇。」

「過去有段時間，對他來說正確的選擇也能給我們好日子過。」

「是嗎？哪段時間啊？」費雪先生笑著問。

浴缸裡的水潺潺流過樓上的水管。「剛好三分鐘，」費雪太太說：「這孩子真像台機器。」

費雪先生表示：「柯林以前只愛待在房裡閱讀和鯊魚有關的故事、反覆播放披頭四的專輯 *Rubber Soul*，我以後大概會很懷念那段時光吧。」

兩人陷入沉默。樓上浴室的門打開了。

「別懷念啦。」

「好吧，不懷念。」費雪先生搖搖頭，彷彿想擺脫某樣歷時久遠的心理創傷，但回憶的閘門已經被打開：「那妳記得嗎？柯林曾列出

《大白鯊》不合科學常理的地方……」

話講到一半就聽見樓上傳來巨大撞擊聲，接著是一陣慘烈咆哮。費雪夫婦嚇得從椅子上跳起來，三步併作兩步衝上去。

他們發現柯林穿著睡衣站在房門口斷斷續續的尖叫，嘴裡嘶喊著：「他把它毀了！他毀了一切！為什麼他要這麼做？一切都毀了！全毀了！他把它毀了！他毀了一切！」

費雪先生慢慢靠近，並且張開雙臂、語氣輕緩的安撫柯林，但他並未碰觸他，也沒表現出如此意圖。這並非費雪夫婦第一次遇見這種狀況，當然也不可能是最後一次。「柯林，兄弟，怎麼了？能不能告訴我發生什麼事？」

費雪太太往房裡看，立刻了解柯林為何如此憤怒、驚慌。他的床亂成一團、被單拉開，架子上原本整齊排列的書籍還有書桌上的東西全散落到地上，彷彿有人來這裡、一手猛力掃亂所有物品。牆上的軟木板，那片柯林之前費心影印、分類、釘製的社交地圖，都毀了，照片和紗線糾纏成一團，全掉在地上。

費雪太太跟著安撫說：「柯林，別擔心。柯林，別擔心。我們會幫你整理好。」她故意喊出名字，這是與歇斯底里的柯林溝通的方式。費雪太太抓住柯林的手臂，有時候，他不給爸爸摸卻肯讓媽媽碰，但這次他大力甩開她的手，並且憤怒的指向走廊另一端。

「你為什麼這麼做？你為什麼毀掉一切？你毀掉一切！你把它全毀了……」

丹尼站在自己的房門口，他雙手抱胸、稍稍低著頭瞪人，如果柯林頭腦還冷靜，就會曉得他在反抗。丹尼問：「怎麼樣？」他的口氣比較像是挑釁。

柯林朝弟弟身上撲過去，嘴裡還大喊：「你為什麼毀掉一切？」費雪先生即時擋住他的去路、一把抱住他，緊到柯林的臉都埋進他肩膀裡。

這作法很極端，外人可能會以為他想悶死自己的孩子，但束壓長神經其實有助於緩和柯林的情緒[2]。漸漸的，柯林的呼吸從急促抽噎變成平順緩慢，愈來愈多氧氣進入他體內、安撫他的情緒。

柯林靜下來後，費雪太太轉頭問丹尼：「你在幹什麼？」

丹尼低著頭看自己的腳，不敢直視媽媽的眼睛，他喃喃的說：「我找不到 iPod，以為被柯林拿走了。」

他的回答將緊抱的效用摧毀殆盡。「我才沒有！我從來不會拿你的東西！我甚至不喜歡你聽的歌……」

費雪先生再次緊緊抱住柯林。「柯林，放輕鬆。」

他費盡心力想再次安撫激動的柯林，同時，費雪太太走向丹尼。雖然這輩子媽媽對他所做過最嚴厲處罰不過是打屁股，他仍然嚇得往後退。這單純是本能反應。就某種程度而言，所有小孩都知道媽媽的能力足以把他們宰來吃，丹尼也不例外。

2 提出這概念的是自閉症牲畜專家兼作家田普·葛蘭汀（Temple Grandin），要替牛隻施打疫苗或者檢查身體時，農家會使用束縛器（squeeze box）夾住牲畜，田普發現這機器竟然有緩和牛隻情緒的效用。後來，她將束縛器改良成「緊抱機」，感受到精神壓力時便爬進去使用。費雪先生吸取這經驗，碰到柯林歇斯底里就會緊抱他，然而，隨著柯林年紀增長，這招的效期愈來愈短。

費雪太太再質問：「所以就可以把別人的房間弄得天翻地覆嗎？」她知道自己現在有多火大，所以卯足心力克制情緒：「你很清楚柯林看見東西被弄亂會有什麼反應啊。」

丹尼彷彿被逼至絕境的動物，決定起而對抗。他使盡全身氣力大吼，激動得不能自已：「沒錯！我就是知道他會怎麼反應！你們把他當溫室的花朵呵護，看見他做什麼白痴事就說『噢，可憐的柯林』，而我總被……」

「你說他是什麼？」費雪太太的怒氣完全爆發。

站在門邊的丹尼整個人畏縮起來。他沒見媽媽這麼生氣過，所以很害怕，原本的叛逆任性退縮成自我防衛。用靈長類界的術語來說，就是雌性領袖已經露出利齒，年幼的靈長類就得展現服從。「我……我沒有說他是。只說他會做那種事。」

費雪太太踏進丹尼的私人領域，兩人距離只剩下十五公分。她怒吼：「這個家裡不准說那個字眼！尤其不准對你哥哥使用！我不管他做的事是怎樣，反正就是不准！」

「妳覺得外面的人就不會這樣說他嗎？」丹尼問完，突然安靜下來：「妳知道別人怎麼形容他嗎？」

「我很清楚！」費雪太太高聲怒斥：「所以應該愛他的人更不能說這種話！」

丹尼的視線移到被緊緊抱住的柯林身上，恨意再度脫口而出：「那……我可能不愛他，而是恨他。柯林，我恨你！你是白痴！我恨你……」

費雪太太怒吼：「丹尼！」她伸出利爪般的手。

「蘇珊！」費雪先生如此大叫，不希望整個家分崩離析。但無能為力。

「我不介意。」柯林突然這麼說，而且反應很冷靜。

費雪太太及丹尼轉過頭，費雪先生則鬆開手臂，他們全靜止下來，聽這個紅著臉但已經平靜許多的兒子回應。

「我真的不介意，」柯林強調：「白痴指的是智商低於七十到七十五的人，我的智商……」

柯林突然打住，他的智商在一百五十五到一百八十之間[3]，但瑪莉曾提醒過，別告訴別人這件事，因為那聽起來很像在自誇。最後，他改口：「……比那還高。所以我為什麼要在乎別人的錯誤形容？」

費雪夫婦看看柯林、再看看丹尼，最後看著彼此。丹尼覺得過了好長一段時間之後（根據柯林測量，是十七秒），費雪太太終於有力氣開口，她低聲說：「丹尼，回你房間，這件事明天再說。」

「妳不要我道歉嗎？」

費雪先生搭著妻子的肩，注視著丹尼，他的表情及聲音毫無憤怒，但肩膀下垂，看起來突然變得比實際年齡還瘦小、還蒼老。他已經累了。「你真的覺得抱歉的時候，就會說了。回房間吧。」

丹尼暗暗鬆了口氣，臉上閃過一絲神情，接著，他退回房內、慢慢關上門。柯林注意到，丹尼關門時很小心，儘量不發出聲音，大概是不想讓爸媽以為自己還不高興、不服氣吧。

「柯林，」費雪先生指了指那個早上還是柯林風格現在卻一團亂的災區：「讓我們也幫忙，好不好？大家一起動手，馬上就能整理好。」

看著雜亂的房間，柯林努力克制自己的情緒，他一字一句小心的說：「不用了，謝謝。可以的話，我想自己整理。晚安。」

費雪太太安撫柯林：「好吧，需要幫忙的話，記得來找我們。」與其說是贊成，不如說她接受柯林的決定。

「好，我知道你們會在哪。不是在廚房喝酒，就是在房裡看付費頻道的暴力色情節目。」

說完，柯林進入房間、關上房門。

柯林對於什麼物品該放哪裡一清二楚，如今，看著它們亂成一團，雖然沒有東西壞掉，但心中仍快被焦躁、憤怒的情緒淹沒。今天一整天，柯林完全遠離平日的安全環境，因此，原本安全熟悉的地方遭到意外破壞，更令他難以忍受。

---

3 柯林擁有驚人記憶力及優異的閱讀與計算能力，所以很難測出他的真正智商。天才兒童常有這種狀況。

柯林強迫自己閉上眼，想像房間原本的樣貌，確定沒有東西不見後，情緒也不再那麼緊繃。

他再次閉眼想像房間的擺設，好將所有物品歸回原位。令他驚訝的是，他的心思竟然完全飄到別的事情上：槍擊發生時，餐廳內的情景。

柯林聽見密閉空間內傳出震耳欲聾的槍響，聲音大到連耳膜都會痛。接著，一股刺鼻火藥味蓋過嘴裡咀嚼的紅蘿蔔味道。他看見學生和老師驚慌逃命，而地上有枝手槍，槍把沾滿巧克力與粉紅色及白色糖霜。

柯林一時以為自己罹患創傷後壓力症候群[4]，但推論後，覺得不可能，因為回憶當時情景時，他心中沒有半點負面情緒，有的只是好奇與想找出凶手的渴望。

根據柯林推斷，他的潛意識是想傳達某種訊息。當時的餐廳和現在這房間一樣，好像有什麼地方怪怪的，而且一直沒被注意到——柯林很確定，那是揪出手槍主人的線索。他將回憶倒帶到槍擊之前，留心所有細節，無論當時看到什麼、聞到什麼、聽到什麼、有誰在場、他們在做什麼，全都不放過。

遺憾的是，柯林很清楚，人類的大腦並非完美記錄裝置，無法客觀重現整體情景，反而會放大特定部分。以柯林的例子來說，那表示他對於槍響前的回憶主要放在梅莉莎．葛立兒過來邀請他吃蛋糕……洗髮精的草莓香……意外低啞的聲音……她靠過來時上衣往下垂，結果露出乳溝……

柯林猛然睜開眼睛，雖然仍不曉得當時是什麼地方有異樣，但至少知道遺漏了什麼，而且那還是關鍵。他再次注視被扔在地毯上的書本、紙張以及社交地圖照片，那些照片亂成一團，運動健將和書呆子一組、相愛變敵對、敵對變友好，根本毫無邏輯可言。接著，柯林發現寫著韋恩名字的黑色紙條獨自落在旁邊，他揀回來，又看到魯道夫．穆爾的照片跑到所有分類中最高的位置，照片中的魯道夫好像在

4 此症狀可見於上過戰場的退伍軍人及暴力場景目擊者，他們會不斷回憶當時情景。

盯著人看，令柯林感到不舒服，他移動腳步，但那道視線似乎也跟著移動，不管站在房裡哪個位置都逃不開被注視的惱人感覺。結果，柯林索性將照片翻面，放著其他照片不管便爬上床。

一會兒後，這整天的震撼漸漸被分解、歸類，然後柯林沉沉進入夢鄉。

隔天起床時，費雪夫婦發現，有人把昨晚忘記清理的酒杯收到櫃子上，而且還用塑膠蓋蓋住，廚房裡十分乾淨，還聞得到培根、法式吐司及溫熱糖漿的香氣。餐桌上擺放了三盤食物及三杯進食後潤口用的果汁。

柯林坐在高背椅上說：「早安，我幫大家做了早餐。」他正在讀小時候爸媽買的書，內容在講鯊魚。

「你要一起吃嗎？」費雪先生覺得柯林很棒，竟然能做出這桌食物，他邊問邊指第三個位置，要他過來坐。

「不了，」柯林如此回答：「我吃過了。」

他繼續讀書，費雪夫婦則享用他所準備的餐點。幾分鐘後，丹尼也進來了，看到早餐不是吃麥片，心裡很驚喜。他沒問這些食物是誰準備的，也沒說謝謝，只是笑著一口一口吃餐點。**開心**。但那不重要，真的。

柯林已經出門，走在前往學校的路上。

第十二章　試咬

小時候，爸爸買了本書送我，內容有關鯊魚及其他危險海洋生物，殺人鯨與大王烏賊都介紹到了。這些生物十分有趣，但爸爸說，海中最恐怖的掠食者絕對是大白鯊。

大白鯊身長可至六公尺、體重可達近兩千三百公斤，嘴裡有一口鋸齒狀的利牙，這種噬人鯊屬尖牙鯊可見於地球各大海域，而且比其他鯊魚更常攻擊人類。大白鯊身形巨大、兇猛殘暴，是最恐怖的掠食者。因此，牠們對人類最具威脅性其實並不意外，令人驚訝的反而是，牠們的攻擊大多不會致命。

起初，研究人員假設，當人類在游泳或衝浪時，那樣貌從海底看起來就像海豹或海獅（大白鯊最愛的食物）。再者，鯊魚掠食的習慣是迅速猛攻再等待獵物流血致死，因此受害者有時間能在被咬後逃離海面。這解釋一開始受到廣泛認同，但後來卻證實是謬論。

進一步研究時意外發現：在大多數攻擊人類事件中，咬合力有二〇〇〇磅的大白鯊都只輕輕咬一口，其實這些受害者並未遭受攻擊，而是被「試咬」，這是大白鯊試探地盤裡奇怪、陌生物體的方式。兩足陸生哺乳類在海中笨拙的游泳，的確既奇怪又陌生。當然，如此試探造成了不少失血過多致死或者頭被咬斷的案例，這是預料中事。

如果調查者是二點五噸重的鯊魚，即使是小小試探也可致命。

中午時分，柯林與艾迪等人再次見面。

柯林胸前抱著筆記本、眼鏡端端正正掛在鼻梁上。他急忙在走廊上找艾迪，因為再過兩分二十七秒鐘聲便會響第二次，有個老師看不下去，會過來催他到餐廳吃飯。與家族的人見過面後，柯林有和昨天完全不同的問題想問艾迪，而學生餐廳太多閒雜人等，實在不適合。此外，他的問題可能會令艾迪反感，所以得趁他最無防備的時候，使他沒辦法閃避。

還沒見到人就已聽見艾迪的聲音自轉角傳來，他和朋友在大聲喧譁，談話內容感覺是在吹牛，意即不是謊話就是誇大之詞。

「……總之，我就說『妳在說啥？妳媽根本不在這裡啊。』」艾迪正在講故事：「所以她就做了。」

艾迪比出拉開褲子拉鍊的姿勢，一臉賊笑，他的朋友也跟著笑了。柯林不懂其中含意，還認為艾迪的朋友大概也不見得都清楚。此時，他走向艾迪，而且確信他們沒注意到他。

史丹大叫：「哇！」他的鼻子被包紮起來，大概是因為受傷吧，也因此講話帶點鼻音。

「我那時就像賣冰淇淋的人。」艾迪表示。**得意**。

「或者你本身就是冰淇淋。」史丹笑時露出門牙牙縫，然後他的臉又皺起來，大概是突然活動臉部肌肉造成疼痛吧。那群人又笑了。

「哈囉，艾迪，你好嗎？」柯林說：「我知道那把槍是你的。」笑聲瞬間停止。艾迪臉色驟然轉變，史丹則把頭撇開而且眼皮直跳，這些都是心懷罪惡感的反應。其他人面面相覷，看看柯林，完全搞不清楚發生什麼事。但古柏也知情，所以他很**期待**柯林再說下去。

柯林老愛緊跟著自己事先設想好的腳本走，但瑪莉告誡他，這樣有時會使對方無法參與對話，她還細細解釋連珠炮言論如何讓人插不上話。爸爸則把這種情形稱為「一個人吸光所有氧氣」。他們兩人所指的都是同種狀況，柯林聽完謹記教訓，也因此現在給艾迪時間回應。

儘管故意留時間給艾迪，他卻不作任何表示，柯林打量當下這陣沉默（並將走廊上別人的喧鬧聲也考慮進去），心想，自己已經給艾迪足夠的插話空間、適量的氧氣，於是他又開口：「只是有件事我搞不懂，為什麼你要帶手槍去餐廳？」

柯林事先針對這問題設想過艾迪可能有的反應，包括想動粗（太恐怖——發生這種情況的話，柯林準備逃走）或想逃跑（很刺激——發生這種狀況的話，艾迪最後一定會跑回家）。但艾迪聽到問題的真正反應卻是柯林沒有料想到的。

艾迪笑了[1]。

柯林不知該如何解讀艾迪的反應。這個笑令人摸不著頭緒，而且艾迪的表情還從**緊張**變成**高興**。柯林在筆記本裡寫下：

被質問時，艾迪竟然笑了。我的問題被錯當成笑話了嗎？還是手槍和之前聊的那個性愛話題有特殊關聯？繼續調查。

1 不只人類才會笑，研究人員發現大猩猩、黑猩猩及其他靈長類都會因為社交目的及被搔癢而笑。犬類，甚至是鼠類，也會發笑，但老鼠笑聲音調太高，所以人類聽不見。柯林覺得這件事實在有趣，但他不了解狗跟老鼠會對什麼事感到好笑，他自己大多時候都聽不懂別人的笑話了。

「我沒帶手槍去餐廳啊，天才。」柯林做筆記時，艾迪駁斥：「我當時和教練以及一半美式足球隊的人在舉重室健身。」

史丹和其他朋友點頭附和，古柏隨後照做。

「你一定在餐廳啊。」柯林說：「手槍是在那裡發現的。我自己也看到了。槍把上有生日蛋糕。」這些都是無可爭辯的事實。

不懷好意的史丹嘴角上揚，他橫到柯林面前——這招常被用來嚇退身形比較嬌小的男孩，但此時柯林只顧著邏輯化那些不連貫的事實。古柏見狀也笑了。

「史丹，你打算再被揍一次嗎？」古柏問。

「閉嘴啦。」史丹邊說邊注視柯林，還下意識的摸摸受傷的鼻子，想起上次靠柯林這麼近時發生過什麼事。結果他不由自主的停下腳步，說：「聽著，小巴士——」

「別那樣叫我，」柯林反駁道：「我不搭那種巴士。」

「幫你自己個忙，閉上嘴巴，不然待會校工會發現你吊在衣勾上。史丹如此威脅柯林並且不斷向前逼近，還像狗或者黑猩猩般露出利齒[2]。

柯林若有所思的盯著史丹看，然後翻到筆記本前幾頁，對照了一下史丹的表情及那頁所寫的內容後，他說：「不對。除了買槍的人，大鱷還提到一個『牙縫怪咖』，那個人九成九是你。」

看到史丹也被拖下水，古柏和其他人竊笑不已。柯林覺得這樣很危險，史丹本來還不由自主的害怕會突然被柯林用右勾拳痛揍，然而，朋友的嘲笑使他忘卻恐懼，並握拳走向柯林，表現出要打架的姿態。

此時，有個女生伸手抓住柯林的肩膀往後拉，令柯林嚇得大叫，但飄在空中的熟悉迷人草莓香氣壓抑住他回擊與逃走的衝動。

梅莉莎嘆了口氣說：「柯林，夠了。」她將他拉到身後，巧妙的擋在步步逼近的危險面前。

---

2 雖然電影、電視節目都把黑猩猩塑造成人類的友善伙伴，但牠們其實非常兇猛、危險。養在家裡的黑猩猩常會攻擊其他寵物甚至是家人。最後，這些黑猩猩不是被送到動物園就是被撲殺。即便如此，每次家門前的高速公路有大卡車經過時，柯林總默默希望窗口會出現一隻黑猩猩朝他伸手指。

史丹伸出粗糙的手指，指著梅莉莎吼道：「走開！不要以為變漂亮就什麼事都能管。」

這番話令梅莉莎和柯林都摸不著頭緒。柯林知道社交地位高的女生通常有些分量，但那是因為她們和社交地位高的男生關係密切，或者她們有責任保護、督導較年幼的人，梅莉莎顯然不屬於後者，她連嬰兒都沒照顧過。

「我知道柯林太多嘴，」梅莉莎表示：「說了不該說的話，但他不是故意的，他……他有些症狀。」

史丹看看艾迪，想問他該怎麼辦，但艾迪只是搖搖頭。最後，史丹說：「算了。雨人以後要記得管好自己的嘴巴。」

「雨人是自閉症患者，」柯林說：「我是……」

「跟我去餐廳。」鐘響了，梅莉莎拉著柯林離開現場。這是柯林這輩子第一次對鐘聲沒反應，事實上，他根本沒注意到鐘響。

「可是……」柯林回頭看艾迪，心裡想要抗議。他好沮喪。

「我要吃冰淇淋。」

身後，艾迪那群人放聲大笑，但柯林仍然不懂他們在笑什麼。

自有記憶以來，柯林每週都會和爸媽去葛列菲斯公園天文台。他們是科學家、工程師，所以覺得這個地方特別親切。媽媽還曾對柯林說，儘管有時她會氣得希望同事們全去死，但是，只要來這裡，就會感覺自己的工作實在意義重大。

這些對柯林來說都不具意義，因為他單純喜歡天文台的景觀及永不停歇的微風。不怕高的柯林還喜歡跑到欄杆邊俯瞰街景，費雪太太也常抱起他，讓他透過付費雙筒望遠鏡更清楚的眺望整座城市。「看仔細點，柯大哥，」媽媽會說：「這顆我們稱之為地球的星球上孕育著無數生命。」

某天下午，柯林當時三歲，他站在天文台附近，手裡拿著一罐泡泡水在吹泡泡。柯林喜歡觀看泡泡飄揚在空中的景象，陽光在泡泡表面產生折射，形成七彩顏色。在消失以前，每顆泡泡都像一個世界（或者宇宙），柯林總想著，誰住在那裡面？泡泡破掉時，他們會不會傷心？

當他停止思考、再度吹出滿天七彩時，有雙小手抱住柯林的腰。驚訝之餘，柯林轉身，發現有個小女孩在對著他笑。女孩雙眼湛藍、牙齒漂亮、頭髮還散發著草莓香氣，柯林深深著迷，一鬆手，那罐泡泡水便掉到地上。清澈液體流散在地面，小女孩做了件柯林想像不到的事情（即使他想像得到泡泡裡可能孕育著文明）……她親了他一下，然後就跑掉了。

柯林如受傷的動物般咆哮，惱人的肢體接觸（尤其是突如其來的那一吻）令他情緒翻騰，費雪太太聽見兒子的叫聲，急忙趕過來，氣喘吁吁的她看見灑了一地的泡泡水，罐子則滾到路邊，但她沒注意到女孩跑回媽媽身邊並且回頭看柯林。「沒關係，」她如此安撫兒子：「我們再幫你買一罐泡泡水。」

柯林永遠忘不了那雙眼睛及那股香氣。

現在就像當時，柯林視線離不開梅莉莎。她吃著漢堡排，偶爾還將空叉子移到嘴邊。柯林看著她咀嚼食物，心思卻全在剛剛與艾迪的對話上。梅莉莎與柯林四目相對，但馬上又轉開，不知為什麼，她竟然覺得尷尬。

「不好意思，剛剛在艾迪他們面前那樣說你。」梅莉莎吃完一小口食物後說：「我只是……只是希望他們離你遠一點。」

「妳根本沒吃幾口。」

「我感覺得出來，你在生我的氣。」

柯林皺了皺鼻子，想著梅莉莎為何說自己生氣，明明就沒有啊，況且他也不知道有什麼好氣的。「我不會因為妳不吃午餐而生氣。」他如此回答。

「我說的不是午餐。」梅莉莎解釋。

「喔，那妳是說？」柯林覺得梅莉莎的話有道理。

「我說對不起。」

「喔，」柯林小心的將紅蘿蔔及芹菜分開：「為什麼道歉？」

梅莉莎笑了，自從那天在天文台吻過柯林後，她有時會那樣微笑，真是謎般的笑容，令柯林不知該歸成何類。

「妳在笑，」柯林說：「表示妳覺得舒服多了，現在可以吃漢堡排了吧？」柯林邊說邊將紅蘿蔔放進嘴裡。

「柯林……」梅莉莎皺起眉指著自己的嘴唇，這是要他親她嗎？應該不可能吧，而且好不衛生。梅莉莎的動作一定是在提醒自己吃東西時閉上嘴巴。他常張著嘴咀嚼食物，別人看到會覺得不舒服，所以柯林總要求自己別這樣，但當他專心思考更重要的事情時就會忘記。

「謝謝。」吞下食物後他這麼表示，接著又吃另一口菜。

梅莉莎聳聳肩。「反正不是你想的那樣，我只是不愛一次吃很多，比較習慣每次吃一點點。」

柯林點點頭——這習慣很明智，少量多餐其實比較理想，這樣身體才能隨時補充熱量、維持新陳代謝。他雖然想把後面這些話都說出來，但嘴裡被紅蘿蔔塞滿了。「鯊魚都那樣進食。」他邊打量一根芹菜邊說：「別被電影給騙了，斑海豹其實不算大餐。」

「是啦，我自己會盡量不吃斑海豹三明治。」

「不，我是說真的，」柯林如此回應：「鯊魚會將食物妥善貯存在胃裡，時間長達好幾個月。因為這樣，每次有鯊魚被殺時，新聞總會報導牠胃裡有哪些東西，完整的四肢，偶爾則是利牙切割、食管壓擠所成的頭顱肉塊，鯊魚會將食物留著以後再吃。」柯林喀一聲咬斷芹菜，手裡則拿著剩餘部分。想像著自己是鯊魚、芹菜是獵物，這讓他覺得很有趣。

突然間，原本想吃漢堡排的梅莉莎胃口全失，於是放下叉子、將餐盤推到一邊。

柯林咀嚼著芹菜，再度忘記要閉上嘴巴。「而且鯊魚也會把隨便亂吃的東西貯藏在胃裡。曾有人剖開大白鯊的胃，結果裡頭掉出一台汽艇馬達，好玩的是，那馬達竟然還能運轉。」他又咬了口芹菜並迅速咀嚼著：「還有一頭鯊魚啊……」

柯林停止說話、停止咀嚼，這實在不像柯林的作風。

梅莉莎擔心的從座位上站起來，完全忘記柯林剛剛的高論有多恐怖，她彎下腰、湊近柯林：「柯林？柯林？」梅莉莎愈靠愈近，心中想著觸摸柯林會有什麼風險：「你還好嗎？」

「生日蛋糕和手槍。」柯林說。

第十三章　烏龜對阿基里斯如是說

龜兔賽跑是伊索寓言中最有名的故事之一，內容如下：有一天，烏龜想和兔子賽跑。兔子知道自己跑得比動作緩慢、笨手笨腳的烏龜還要快，因此毫不猶豫的答應。比賽開始後，兔子猛力衝刺，將烏龜遠遠拋在後頭，牠以為自己勝券在握，便決定休息一下。然而，兔子睡著了，讓烏龜有機會跑到前頭。

兔子醒來時，發現烏龜已經快抵達終點，牠使盡畢生氣力奔跑，不敢相信自己竟然會輸給烏龜朋友。不過，兔子太晚醒來，而且跑得不夠快，因此烏龜獲得勝利。這則故事的寓意是「堅持者勝」。

作家路易斯・卡羅改編這則寓言，將場景換到一八八五年，有隻烏龜向阿基里斯解釋為何他永遠跑不贏牠。烏龜提出一系列邏輯論述，證明只要一領先就不可能被超越。簡而言之，如果阿基里斯每次只能拉近一半距離，那他就注定永遠落後。

卡羅的故事其實並非寓言，而是悖論：邏輯演繹有時與真實經驗不符。即使是最具邏輯概念的人，在面對最客觀的資訊時，偶爾也得將數學擺一邊、轉而信任自己的直覺。這就是所謂的「推斷」，唯有如此，我們才能解開卡羅的悖論。推斷超脫邏輯與理性。

因為我喜歡確定性，所以推斷令我感到不自在。邏輯出問題的風險是產生悖論，得等待日後想出更好的邏輯來解決，而推斷出問題的風險就是完全的錯誤。不過，推斷還是有其用處，調查人員所碰到的所有基本問題中，推斷有助於解答最困難的那個：不是何人、何事、何時、何處或何法……而是為何。

人類行為並非永遠符合邏輯，因此「為何」可說是最重要的問題，而且這問題無法靠數學推導來分析、求解，只能訴諸經驗。

鐸蘭校長快步通過走廊前往辦公室，她的鞋跟在磁磚上敲擊出噠噠聲響、兩眼瞇得小小的且嘴巴閉得老緊。她正要去打一場仗，雖無意興兵但決心得勝，願上帝保佑與她敵對之人。

韋恩．柯納利的聲音在走廊中迴盪，他告訴祕書：「都說我是來找校長的了。」

鐸蘭校長叉著手、態度威嚴的站在他身後，從祕書的表情及後腦勺刺刺麻麻的感覺[1]來判斷，韋恩知道自己該轉過頭。這個裝作無所畏懼的男孩其實現在心裡怕得要命。

「你不准踏進校園。」不知怎的，面無表情的校長比韋恩的繼父阿肯發怒時更恐怖。「雖然不想這樣做，但這是你逼我的，警察馬上就到，他們會把那東西——還有你——帶走。」

韋恩覺得自己的四肢突然變得好沉重，他的頭低到都快碰到胸口了，卻怎麼樣都抬不起來。這一切實在不公平得令人絕望，不管他說什麼都不會有人相信。根本沒人在乎。

「很好。」柯林突然出現在辦公室門口。

韋恩費力抬起眼睛看柯林，雙眼被背叛及困惑扎得好痛。鐸蘭校長往旁邊站，好同時看看這兩個男孩，她和韋恩一樣，都不曉得柯林想做什麼。

柯林直挺挺的站著，眼鏡端端正正掛在鼻梁上，他毫不彎腰駝背、左顧右盼，人生第一次，他看起來完全不像被霸凌、需要被保護的小孩，他看起來十分堅定。

「警察抵達前，韋恩的冤屈就能洗清。」柯林說。

珊迪隨後走進辦公室，心中和其他人一樣摸不著頭緒：「校長，您是不是通知說要見我？」

鐸蘭校長看了看面前這三個學生，雖然珊迪不曉得自己為什麼會被叫來這裡，但校長已經了然於胸。「我沒下過什麼通知，如果妳收到紙條，那一定是偽造的。」她對著柯林說「偽造」這兩個字，彷彿在暗示：「我們得談談。」

柯林搖頭否定校長那番話，他說：「紙條裡只說妳要見珊迪，而妳的確遲早會想見她，這點我很清楚，因為通知是我下的。」

鐸蘭校長清了清喉嚨，說：「柯林，不是說過嗎？我對你的容忍

---

1 許多學者曾進行過所謂的「凝視感受測驗」，其中以魯伯特・薛椎克（Rupert Sheldrake）的研究最為知名。生物化學專家薛椎克專門研究非主流題材，他有次要求受驗者蒙上眼睛，想測試這些人能否準確感受到他人的凝視。結果，有些受驗者真的每猜必中。麥可・薛默（Michael Shermer）及其他持懷疑立場的人質疑受驗者的主觀意識可能造成實驗無效，但之後有許多學者以不同方式進行相同實驗，且皆得到類似的結果，因此推翻了那些人的質疑。

是有限度的。」

「我也說過，手槍不是韋恩的。而且我說對了。」

珊迪緊張的朝門口移動：「我可以離開了嗎？」

「走吧。」校長說。

「別走。」柯林說。

「韋恩，醒醒。」韋恩用力甩自己耳光。

說出違抗校長的話後，柯林強烈感受到辦公室內的人有多**震驚**，大家都盯著他看，教職員**生氣**又**困惑**、同學則十分**欽佩**。但這些都不重要，什麼都不能消磨柯林的決心。

珊迪臉色發白、**害怕**得直發抖。

柯林轉身面向她，心中不帶惡意，只有對真相鐵一般的自信。

「手槍是艾迪的，」柯林如此解釋：「切茲沃斯有個幫派叫家族，他從裡頭一個叫大鱷的人那邊買來。大鱷之所以叫大鱷，是因為他笑時總露出利齒。我覺得這種類比實在不恰當，因為鱷魚根本不會笑[2]，但那是他的名字，他愛叫什麼就叫什麼。」

「兄弟，」韋恩插嘴說：「講重點啦，那樣才酷。」

「沒錯，」校長無視韋恩的措詞附和道：「別加油添醋，直接說重點。」

「艾迪很氣韋恩，所以買槍想嚇嚇他，但一直找不到機會。」柯林轉頭看珊迪，無視她眼中的恐懼繼續分析：「妳背著艾迪將槍從置物櫃內拿走，並且藏在包包裡。」

「這……這太荒謬了。」珊迪結結巴巴的反駁。

「不，這十分合乎邏輯。妳喜歡艾迪，所以拿走槍想保護他，也因為妳愛他，所以才趁媽媽不在家時和他一起吃冰淇淋。」

此時，珊迪面容完全轉白，雖然別人不曉得，但她很清楚柯林在說什麼，而柯林自己則只從艾迪的敘事方式理解那件事，就連熟悉校園下流文化的韋恩都說不出冰淇淋跟什麼有關聯。

「你又沒有證據。」珊迪將卡在喉嚨的話用力說出來。

---

2 鱷魚習慣張著大嘴趴在河岸，展示那二十四顆尖牙，有的人認為牠們是在笑，有的人認為牠們是在嚇阻敵人。但動物學家發現，鱷魚從嘴巴出汗，所以張嘴只是在排熱。

鐸蘭校長站到兩人中間，她已經知道個大概，剩下的實在不適合在辦公室談，她告訴柯林：「珊迪說的沒錯，沒有證據的話，你只是在騷擾無辜學生。」

柯林反問：「像韋恩那樣的無辜學生嗎？」

「別轉移話題。」

「我才沒有，韋恩就是我們的話題，手槍也是。」柯林指著珊迪和她肩膀上背著的大手提包：「手提包裡面一定有手槍機油殘漬和蛋糕玫瑰的糖霜跟巧克力。」

珊迪跟校長都往手提包瞄，裡面真的有乾掉的巧克力糖霜嗎？難說。

「妳留了一塊梅莉莎．葛立兒的生日蛋糕，想給健身後的艾迪吃。」柯林表示：「餐廳發生騷動時，手槍掉到地上，那之前早就不小心沾到糖霜。同樣的，手槍也沾到深粉紅色口紅，所以妳才得換用別的口紅。」

韋恩兩眼直盯柯林，這真是驚奇一星期中最驚奇的事情，他偷偷向柯林打暗號，想吸引他注意、分享內心感受，但柯林並未意識到韋恩那份油然而生的情誼。

珊迪搖頭否定、不敢相信眼前發生的事情，她瞪視柯林，心中的恐懼化為怨恨。少女最懂如何善用怨恨。「我沒必要回應你的話……小巴士。」

「不准那樣叫他。」韋恩不加思索的大吼。鐸蘭校長皺起眉頭。即使柯林意識到珊迪是在羞辱他，他仍會繼續說下去。

「我已經去找過艾迪。」柯林強調：「他知道妳做了什麼。」第一句是事實，第二句是非常合理的推測。不知道柯林這樣說是不是想影響珊迪的態度。他臉色、聲音皆不帶表情，根本是活生生的庫勒雪夫效應。

「不說實話就受懲罰，雖然保持沉默好像比較安全，但那是錯的。數學邏輯不站在妳那邊。」柯林朝珊迪走近，完全沒意識到自己已經踏入她的私人空間，平時的他絕對不可能這麼做。「現在妳還有機會說實話，否則警察來以後就等著坐牢了。」

「好了，」鐸蘭校長如此打岔：「到此為止。」

「可是我們還得叫艾迪過來，問他怎麼聯絡上大鱷、怎麼買到槍啊。這件事的重要性比……」

「夠了。」

校長的強硬態度使柯林閉上嘴巴，甚至嚇了一跳。「校長……」

「他真的很氣韋恩，」珊迪突然望著窗外、開口說話，她語氣奇怪，彷彿置身所有事、所有人之外。一邊講，恐懼似乎也跟著飄走了：「我不曉得他會做出什麼事，但我不希望他傷害任何人、不希望他惹上麻煩。」此時，她向校長哀求：「請別送我進監獄。」

鐸蘭校長的視線飄到辦公室遠處、祕書辦公桌後面的觀景窗，窗外，是珊迪招供時一直注視的景象：警車停在路邊，兩名洛杉磯警察局校園警察正準備從前門入內。

「珊迪，進我辦公室，叫妳爸媽來。」鐸蘭校長厲聲說：「現在馬上聯絡他們。」珊迪可以清靜一下了。她乖乖照校長的指令做，穿過狹窄的走廊進入校長辦公室。門關上後，鐸蘭校長轉頭注視柯林及韋恩，臉上表情並未流露權力人士對小市民努力找出真相的感激。

「韋恩，你先回家，我們明天會處理你的事。至於柯林……」她說到這裡便打住，眼前充滿一大堆未知數，該怎麼處理柯林最令她為難。

「不用謝我，」柯林表示：「接下來的焦點是艾迪。」

「你昨天放學後根本沒留在學校，現在欠我兩次。」

說完，她便離開辦公室攔截警察，以免問題愈來愈棘手。韋恩目送校長離開，等到聽不見鞋跟敲擊地面的聲音後才對柯林說：「兄弟，算你厲害。」

柯林稍稍鬆了口氣，眼鏡跟著滑下來，他伸手推回去。這並非他預料中的結局。後來，他在筆記本中寫道：

> 真實生活跟偵探小說是兩回事，但本該如此。繼續調查。

「課後留校時什麼聲音也沒有，」柯林說：「我喜歡安靜。」

第十四章　漢斯・亞斯伯格

亞斯伯格症候群是自閉症系列障礙的亞型，取名自漢斯・亞斯伯格。這位維也納小兒科醫師於三〇至四〇年代潛心研究此症狀，而其本身於年幼時期亦具備此症候群的諸多特徵：害羞、遠離人群、孤獨。亞斯伯格擁有語言天分且記憶力驚人，他喜歡詩人法蘭茲・葛利爾巴薩，經常背誦一長串他的詩作，藉此將同學趕離身邊。

長大後，亞斯伯格的工作是治療身心障礙幼童，其中，他非常喜愛某群孩子，還稱他們為「小教授」（缺乏適當社交能力的孩童，他們專精各種不同領域且投注全部熱情）。當時，美國主流自閉症專家將焦點放在這些孩子的缺陷上，但亞斯伯格注意的卻是他們的特殊天分與日後所能對社會提供的偉大貢獻。他寫道：「他們適切扮演好自己的角色，說不定扮得還比其他人出色。這裡說的，是小時候面臨重大障礙且令養育者無比擔憂的人。」

後來專家們才發現，亞斯伯格如此強調這些孩子的天分其實有第二個原因：他想拯救他們的性命。亞斯伯格言詞謹慎、絕不撒謊，但他巧妙運用現有事實，讓維也納納粹當局相信這些孩子的確有活下去的價值。身為科學家，亞斯伯格只憑事實說話。然而，身為醫生，他認為保護身邊的孩童更重要。

這就是我覺得自己沒辦法當醫生的原因。我在面對壓力時便無法下決定，尤其是知道可能會有什麼後果時。

當晚，費雪家的晚餐吃得異常安靜。

「柯大哥，你們校長今天打電話給我。」費雪太太最後打破沉默說。

柯林很清楚校長會說些什麼，但他認為現在最好先聽媽媽講。雖然不善撒謊，但柯林很久以前便很懂得如何分析、歸類各種資訊。這可是歷經時間考驗且成效卓著的調查技巧。

「課後留校。」她最後這麼說：「連續兩天。」

柯林回應：「嗯。」彷彿媽媽剛剛是對服裝規定或學校用品發表評論。他拿起一根蘆筍，實驗性的折了折，想看看何時會斷成兩截。「我喜歡蘆筍，」他說：「雖然吃了會讓我的小便有怪味。」

「你打算告訴我們來龍去脈嗎？」費雪先生問道：「還是只打算坐在那裡吃蘆筍？」

柯林沒有回答，唯一的動作是測試手邊蔬菜的抗拉強度。「化學家認為那是因為消化系統將硫化物分解成氨，但他們對這樣的說法並不十分確定。」

「我們從鐸蘭校長那邊聽說了。」爸爸不讓柯林轉移話題，如此表示：「她說……柯林，看這邊。她說你和人打架，放學後也沒留校接受處罰，更欺騙她、偽造通知，並且騙不該踏進校園的韋恩到學校。洛杉磯警察局還因此得派警車到西谷高中。天啊。」

費雪太太十分嚴肅的注視丈夫，她說：「可以給我鹽巴嗎？」他一語不發的將鹽罐遞過去。「謝謝。」說完，費雪太太開始在馬鈴薯上撒鹽。

柯林從蘆筍尾端咬一口，非常緩慢的咀嚼著，同時努力不露出任何表情。

費雪先生下意識的舉起叉子指柯林，加強自己說話的氣勢。依舊無法判斷他是**生氣**還是**讚賞**，他的表情一直在變，彷彿自己也不清楚內心真正感受。「你生存在這星球上已經十四年，但這段時間違反的規定、製造的麻煩與引發的混亂比不上過去這四十八小時。」

聽見爸爸這麼說，一旁的丹尼激動得快坐不住，他用手指頭敲擊桌面，還很小聲的說：「耶！」但音量還不夠小，惹來媽媽嚴峻的眼光，使他當場噤口、乖乖吃鮭魚。

「你也拯救了一個無辜的男孩。」

柯林多嚼了蘆筍五次才吞下去，然後喝了口冰水，將嘴內殘渣沖下肚。他說：「我沒有，我只是找出真相，其他的……只是恰巧而已。」

「不管怎樣，我們都以你為榮。」

「還有，如果再來一次，」費雪太太伸出手指警告：「我們就把你綁在椅子上、鎖進櫃子裡，每天用管子餵你吃東西。」

柯林知道這是誇飾，不管自己是否會再做同樣的事情，媽媽都不可能那樣對待他。然而，他也知道媽媽到時會怎麼處理，那可不好玩。柯林點點頭，表示把媽媽的警告聽進去了，接著又開始吃飯，默默希望這話題就此打住。疑團還那麼多，事情就這麼結束了嗎？

費雪先生叫道：「柯林。」

「什麼事？」

「你剛剛不是在說蘆筍的事嗎？」

「嗯。」他看著爸爸並調整好滑掉的眼鏡：「有趣的是，雖然大家吃完蘆筍後都會排出含有氨的尿液，但那種臭味只有一半的人聞得出來……」

一小時後，柯林坐在房間內，邊享受獨處邊將今天發生的事情寫進筆記本裡。門外傳來熟悉的腳步聲、房門「嘎」一聲打開，寧靜休息時光就此中斷。

丹尼站在門口，表情曖昧的對柯林說：「你超酷的。」

柯林不清楚他在說什麼。

「你揪出真正的手槍主人是珊迪。」丹尼激動的表示：「她活該，誰叫她在你床上小便。」

「不對，」柯林說：「她之所以活該是因為沒把槍交給老師。」

丹尼搖起頭，他發現自己永遠都無法理解哥哥的思維模式。「對了……關於弄亂你房間那件事，你記得爸爸要我真的覺得抱歉再說對不起嗎？」

「記得。」

「我只是想確認一下，看看你有沒有忘記。」丹尼說：「要道歉，以後再說，魯蛇。」

丹尼說完就走了。不知怎的，柯林不由自主的笑了。

鐸蘭校長要珊迪和她媽媽在第一堂課鐘響前過來，這樣才能在多數學生到學校前清光置物櫃裡的東西。早到的梅莉莎站在遠處看朋友撕下金屬櫃上的貼紙、將所有物品放進硬紙盒裡。這之間，珊迪只停下來擦眼淚過。

梅莉莎意識到柯林站在後面，他對這一幕只是單純好奇，還把想法全記錄在筆記本裡：

上午七點三十分。珊迪．萊恩邊哭邊清置物櫃，其中包括：

- 歌手海報。這個歌手才十幾歲，唱歌音調很高，令我不舒服。
- 她和朋友的合照，其中包括梅莉莎及艾迪。與艾迪的合照中，珊迪親吻艾迪臉頰，但他看起來很沒勁，是對珊迪感到乏味嗎？還是是那個吻？那個地點？

• 貼紙。大多是彩虹、獨角獸跟裸上半身的肌肉猛男。

• 翻爛了的小說，內容是女孩與吸血鬼墜入愛河。我完全無法理解。吸血鬼只吃人，才不會親女生。

• 艾迪的藍金相間聖母大學籃球隊外套。

珊迪不愛讀書，所以大概不是因為失去在西谷高中吸收知識的機會而悲傷。她好像是處理特定物品時才落淚。是因為感傷嗎？她會不會想念朋友？我覺得不大可能。珊迪又沒有要搬家，而且高年級學生都很喜歡她，要偷偷進入校園不難……

「真不敢相信，」梅莉莎打斷柯林的思緒，輕聲表示：「竟然會被退學。」

「她的手提包裡有槍。」柯林說。

「是艾迪的槍啊。」梅莉莎點了點下巴，示意柯林，艾迪站在對面，他和朋友在一起，平常最吵最鬧的那群人今早卻特別安靜，尤其艾迪更是不發一語。柯林把這全部寫進筆記本內。

艾迪看著珊迪清置物櫃。他沒有幫忙。他看起來好悲傷。
珊迪絕對曉得他在場，但她沒有轉頭看。

「他連課後留校都不用，」梅莉莎說：「真不公平。」

「喔，」柯林如此回應：「所以珊迪才在哭嗎？」

「當然啊，太不公平了，珊迪也知道，任何人碰到這種事都會哭。」

「重點不是公不公平，」柯林邊說邊寫：「而是證據怎麼說。警察沒辦法證明手槍是艾迪的。」

梅莉莎轉身面向柯林，兩人距離好近，近得讓柯林得以發現她的左眼和自己的一樣藍、右眼則帶著一絲絲綠，這是所謂的虹膜異色症。柯林心想，梅莉莎剛成為胚胎時是否有個雙胞胎手足，後來，在懷孕初期，她將對方併合進體內，這情形有時便造成嵌合現象[1]。

接著，柯林感到莫名激動，原來是梅莉莎握住他的手。事實上，當他還在想梅莉莎的胚胎時，手大概已經被握好幾秒了，但他完全沒意識到。

「你可以證明啊。」她說。

說完，鐘聲響起。梅莉莎緊握一下柯林的手，接著便轉身上課去。柯林低頭注視那隻手，上頭還留有梅莉莎的指痕，他一邊走一邊看痕跡慢慢消失。

柯林在身體撞上置物櫃時才突然回神。置物櫃的密碼鎖撞上他的背、耳朵也嗡嗡響，柯林痛得皺起臉，還閉起眼睛數數想驅走疼痛。再度睜開眼睛時，他看見史丹的臉就在距離自己十幾公分之外。史丹很**生氣**。

史丹重重的呼吸，鼻梁繃帶滲出血漬，應該是受傷的血管又裂開了。粗糙的紗布浮現鮮紅的分形幾何血跡[2]，柯林看得入迷。「別這麼生氣，」柯林說：「不然你又會受傷。」

史丹雙手揪住柯林的外套，再次將他朝置物櫃推。柯林的牙齒互撞，發出咯咯聲響。

「小巴士，你覺得很好笑嗎？」

「我上課快遲到了。」柯林試圖脫身。

---

1 柯林一直對基因嵌合深感興趣，尤其是它和犯罪事件的可能關聯。曾經有位奧運自由車選手被控違規增血，但他聲稱，體內那些不同DNA的血細胞其實生自被自己併合的雙胞胎手足的骨髓細胞。此外，有位等待腎臟移植的女病患意外發現自己親手養大的小孩竟然和自己基因不相容，也就是說，他們不是她的孩子，因為孕育他們的是女病患的「姊妹」的卵巢組織，而這個姊妹早在子宮裡時就消失了。

2 分形幾何是數學領域的一個分支，主要用來解釋遞迴。所謂「分形」，指的是從無限小至無限大面積中都呈現類似形狀的不規則多邊形。此特質叫「自身類似性」，意即統計特徵復現。這概念被應用到混沌理論上，而且因為《侏羅紀公園》而聞名。這部小說／電影描述恐龍殺人，柯林喜歡裡頭的特效但對標題有微詞，因為劇情中的恐龍有一半根本生存於白堊紀。

艾迪擋住去路。要說的話，他看起來比史丹還生氣。古柏與其他三名史丹的朋友全站在他身後，柯林推測，如果逃跑就會被他們抓住。

「很好啊，」艾迪厲聲說：「珊迪也要遲到啦，而且她以後都要遲到了。」他一把抓住柯林的襯衫領口、把他舉起來。

「別碰我。」柯林呼吸愈來愈急促：「我……」

「我知道，你不喜歡肢體接觸。嘿嘿，你這小混帳，想怎樣？給我好看嗎？才扁過人一次不可能讓你變成蜘蛛人啦。」

史丹摸摸自己的鼻子，沒發現手指頭沾上血漬。他附和道：「沒錯，你不是蜘蛛人。」

「他不需要蜘蛛人。」

韋恩從一旁出現，臉上掛著淺淺的微笑，暗示柯林他會享受接下來的事情。好好享受。

艾迪笑道：「算了吧，你一個人打不過我們全部。」

「不對，艾迪，」韋恩說：「我只打你。」

殘酷，柯林認定韋恩的笑容代表殘酷。然而，不知怎的，柯林完全不介意。

艾迪放開雙手，將柯林摔到磁磚上。他和史丹握緊拳頭，韋恩則只是站著，身體放鬆但保持警戒。

「韋恩很強壯，」柯林邊說邊鑽到韋恩身旁：「他的肌肉長得很快，顯然是飲食、基因和外在環境共同影響的結果，使他比大家更早進入青春期，看看他的上嘴唇，你會發現……」

韋恩清了清喉嚨說：「柯林，待會再上生物課，好嗎？」

「好。」他翻開筆記本新的一頁，寫道：「有空的時候，得向韋恩解釋青少年第二性徵如何發展。」

接下來的二十五秒裡，雙方人馬皆半步不動。之所以曉得有二十五秒是因為柯林一直在默數，他還把這件事記進筆記本內。鐘聲緩緩響起，對峙宣告結束。柯林有些失望，他原本想看看兩邊能撐多久。

頭髮花白、鬈曲的歷史老師從教室裡探出頭吼道：「你們這群野獸，快進教室！」說完就重重甩上門。

艾迪最後又看看韋恩及柯林，然後才對史丹、古柏和其他人點頭，這些人見狀默默離去，走廊上只留韋恩與柯林。「喂。」韋恩說。

「早安，韋恩，你好嗎？」

韋恩猶豫了七秒。「放學後你有什麼計畫？」

「我得留在學校。」

「我是說留校之後啦。」

柯林皺著眉頭、若有所思的看著行事曆，突然間又面露喜色。他有個計畫，感覺是個很棒的計畫。「你喜歡跳床嗎？」柯林問。

韋恩聳了聳肩。只有一個方法可以確認答案。

第十五章　維也納的兩名醫生

漢斯・亞斯伯格在維也納的大學兒童醫院潛心於研究，同時間，還有位名叫海立克・葛羅斯的兒童精神病專家在不到兩公里外的安史畢德格朗兒童診所進行另一項研究。該診所的病童還記得葛羅斯醫師身穿俐落的咖啡色制服、手臂配戴納粹臂章，穿梭在走廊中。當時，有些兒童因為生理、心理或行為障礙而被納粹當局歸類為「不潔的人」，葛羅斯對這些孩子特別有興趣。

他和同事拿這些病童做實驗，事後再殺掉他們，要嘛下藥，不然就是讓他們餓死或者接觸導致肺炎的致命物質。這間診所裡有超過八百名兒童皆如此喪命。納粹稱他們為「不值得活下去的人」。

同時，亞斯伯格醫師大力主張這些病童對社會有莫大貢獻，他強調這群有殘缺的孩子具備不平凡的才能。亞斯伯格的感性與同情心感動有這種孩子的家庭。他照護的孩童有許多因而獲得快樂、成功的人生，其中包括日後的諾貝爾文學獎得主艾弗蕾．葉莉尼克。

一九四四年底，亞斯伯格的診所因同盟國空襲而炸毀，他的同事維多琳修女不幸喪命，許多研究也因此付之一炬。亞斯伯格於一九八一年黯然辭世，畢生研究成果泰半被人遺忘。

葛羅斯醫師逃過二戰末尾的惡行審判，成為奧地利最有名的醫師之一，還得過國內醫藥界最高榮譽獎。他後來又從事好幾十年神經病學研究，研究題材就是當初殺害的孩童的腦袋。二十一世紀初，將死之際，葛羅斯才依戰爭罪被起訴，但當時他年紀老邁，因而躲過審判。二〇〇五年，葛羅斯辭世。

二〇〇二年，當局舉辦了一場追思會，同時火化受害兒童遺骸。雖然葛羅斯逃過法律制裁，但惡名遠播。至於亞斯伯格，則因為九〇年代有人將他的研究翻譯成英文而重新獲得重視，以亞斯伯格為名的症候群成為家喻户曉的名詞。

爸爸說，海立克．葛羅斯是壞蛋，有些人和他一樣。不知道他的解釋正不正確。真不敢相信短短的名詞竟然包含了這麼個恐怖故事——我曾這麼告訴爸爸，他要我反過來想想，短短的一個「愛」字包含了多少美好。

從以前到現在，柯林只受到過一次課後留校的處罰，當時是因為說話玩偶事件造成誤會。他想改造手邊玩偶的動作感應器，讓它不說「媽媽」、「我愛你」，改學狗叫。自習課老師布蕾曼女士被吵得受不了，以為柯林故意妨礙上課，於是出言警告。柯林指出，自習課其實不算一門課，所以沒什麼好妨礙，結果換來午餐時刻得留在教室受罰。他覺得不公平，但瑪莉說，為了維護基本社會秩序，有時很難兼顧公平原則。

「她是老師，」瑪莉表示：「得顧慮到其他三十個學生。如果他們全頂嘴，那她要怎麼辦？」

「回自己的教室啊。」柯林如此回答，但不懂為什麼瑪莉聽了會笑出來。

今天的課後留校可沒辦法靜靜待在教室、看上了年紀的老師改考卷，因為當班的是圖任廷老師。他和別的老師不同，認為課後留校如同其他處罰，是教育學生的好機會，因此他看得非常重。

柯林隻身站在圖任廷老師的辦公室內，體育館又臭又髒，但他欽佩起老師的秩序感。這不只是因為各項體育用品在課程結束後都會歸回原位（譬如，每顆球都有編號，使用後得放回特定架位並照號碼順序排好），而是體育館裡頭的所有事物都有其專屬位置，圖任廷老師的個人辦公室內更是如此。

老師有好多清單，設備、用品、學生……總之，所有東西都分門別類貼上標籤並記錄下來。辦公室裡有塊夾板，夾著各班級學生名單，上頭還標示著日期以及用來填寫「✓」和「✕」的格子。看得入迷的柯林翻到自己班級那頁，尋找自己的名字。

柯林．費雪，後頭有七個✓。柯林笑了。他開始尋找朋友以及認識的人的名字，急著想比較看看誰的表現最好。梅莉莎．葛立兒也有七個✓。韋恩．柯納利有七個✕。當他的手指移動到魯道夫．塔爾博特．穆爾時，身後傳來圖任廷老師清喉嚨的聲音。

老師問：「費雪同學，你是我的私人助理嗎？」

「不是。」柯林說完便轉過身。

「你是幫忙清理辦公桌、整理資料夾，晚上再擦亮我鞋子的小精靈嗎？」

「不，」柯林回答：「我不是。」

「沒錯，費雪同學，你兩者都不是，那麼，能不能告訴我，到底為什麼要來我辦公室翻看我的東西？」圖任廷老師雙手插腰注視柯林。奇怪的是，他看起來並不生氣。

「我要課後留校兩次，這是第一次，他們要我來這裡。這次留校是因為我在課堂上打架（你也在場），第二次則是因為我證明韋恩・柯納利是清白的，帶手槍到餐廳的人是珊迪・萊恩。但礙於法律規定，我不能說太多。你應該懂。」

「我懂。」

「圖任廷老師，」柯林說：「我該坐哪裡？」

「坐？」圖任廷轉頭就走，絲毫沒給柯林任何指示，只希望他知道要跟過來，而柯林的確也照做了。他們走進體育館副館，柯林在裡頭看到一排身穿便服、立正站好的學生。圖任廷老師大吼：「費雪同學，快入列。」柯林照做了。

柯林猛然察覺隊伍中沒半個他認識的人，他們大多是高年級學生，而且體型全都比較高大。身邊那個男孩聞起來跟腳一樣臭，柯林皺起鼻子想阻隔臭味，同時看著圖任廷老師從儲藏室搬出一整桶五顏六色的硬毛刷。

接著，他沿著隊伍逐一發給學生刷子和地圖。輪到柯林時，桶子裡只剩下發霉的藍色刷子。雖然不喜歡這顏色，但他該和大家一樣，老師給什麼就拿什麼。

「這是藍色的。」柯林說。

「沒錯，費雪同學，」圖任廷老師點頭回答：「我知道。」

他轉頭告訴其他學生：「今天輪到我們回饋學校，我們要清掃這整棟建築裡的所有廁所。我們要刷乾淨每個馬桶、擦亮每座洗手台、把每塊地板都拖得乾淨到連舔掉在上頭的布丁也沒問題。我們絕不抱持年齡、性別及社會地位偏見。懂了嗎？」

隊伍裡的每個人都用力點頭，尤其是聞起來有腳臭味的男孩。

「那還等什麼？快行動！」

所有被留在學校的學生全出發了，只剩柯林還在原地研究地圖，他發現自己負責的廁所在餐廳旁邊，這裡很可能是全校最髒亂的廁所，而且他的頭還曾經被壓進其中一個馬桶裡，真是不愉快的回憶。

「費雪同學，有問題嗎？」

「有，」柯林拿起硬毛刷說：「我不喜歡藍色。」

餐廳旁邊的廁所比開學當天還要髒。

至少在柯林動手清掃前是如此。克服恐懼與反感後，他發現自己實在有清掃天分，連最難纏的汙垢都刷得掉。與其把汙垢當成必須動手清除的骯髒、汙穢又討厭的人類遺漬，不如將它視為等待被解決的問題，這樣有幫助多了。

當晚，柯林寫道：

當校工真難。他們用完廁所會自己清理嗎？還是留給其他校工處理？明天我要調查一下。

當柯林在洗最後一個隔間的最後一個馬桶時，廁所大門打開了。起初，他想當著闖入者的面質問，是否沒看到「清掃中，請勿入內」的夾板告示。後來，聽到某個熟悉卻在顫抖的聲音，柯林想，這時最好別出去。他靜靜關上馬桶間的門、蹲到剛洗好的馬桶上面，他仔細聆聽，恨不得筆記本就在手邊。

「……我只希望一切快點結束。」柯林聽見艾迪這麼說，但旁邊還有人。

兩雙腳踩踏在乾淨的磁磚上，接著是關門聲，現場只留艾迪和他的同伴。柯林從門縫偷看，艾迪站在洗手台前面，他身後的是……

「別傷心了，」魯道夫說：「你根本不喜歡那女孩。」

「你錯了，我愛她。」

「你愛她喔，愛她愛到自己逍遙無事、讓她接受懲罰，我感動得都要哭了。但是不好意思，你自欺欺人又偽善的態度一點也不令人同情。」

魯道夫湊到艾迪身邊，那舉動真令人不舒服。柯林發現鏡子映射出自己的身影，雖知凶多吉少但心裡仍希望自己不會被發現，他現在只能拿硬毛刷自衛。

垂頭喪氣的艾迪將手撐在洗手台上，他問道：「你能不能幫她？」

「當然可以，我爸爸是洛杉磯最厲害的律師事務所的股東耶。」

魯道夫的視線從鏡子飄到柯林那個馬桶間，彷彿看見他在裡頭，但柯林認為這是不可能的事，畢竟角度上有阻隔。

柯林的心臟在胸膛裡砰砰猛跳，他十分想尖叫、非常想移動手腳（摀著耳朵逃走），但沒辦法這麼做，意志力將柯林牢牢釘在原地，他知道不能被魯道夫發現，這是最重要的事情。儘管理性占上風，本能卻不斷反彈，作為折衷，柯林緊閉雙眼。

艾迪慢慢點點頭：「我想我該說聲謝謝。」

魯道夫拍拍艾迪的背，感覺不像是想安慰他。之後，他動身離開，中途又停下來講最後一句話：「艾迪啊，下次記得把槍放在對的置物櫃裡，免得你女朋友發現又想幫忙。你的懶散害我浪費三百美元耶，你要賠我。」

「好啦，」不知怎的，艾迪的聲音聽起來好蒼老：「怎麼賠？」

柯林張開眼睛想看魯道夫的臉，解讀他說下一句話時的表情，他偷偷查看魯道夫私底下到底是怎樣的人。

魯道夫露出笑容，但兩眼卻動都沒動，好像打量受傷海豹的鯊魚。他面無表情可解讀，完全沒有。

「喔，」魯道夫說道：「我有很多好——點——子。」唱完便走出廁所。

柯林看著艾迪，等他離開好逃離廁所監獄、向圖任廷老師回報。但艾迪沒有走，反而走進柯林隔壁的馬桶間、一把將門甩上。他沒在裡面做大家平常會做的事情，只是單純坐著。

然後艾迪哭了。

後來，柯林緊抓硬毛刷衝出廁所，猛然跑到圖任廷老師面前，老師不發一語的看著柯林，等他報告清掃結果，但柯林思緒過亂、說不出話。他們都聽見，廁所內傳來艾迪又低又輕、刻意壓抑住的啜泣聲。

「費雪同學，你有什麼事要報告嗎？」

「有，」柯林回頭看見廁所門口的黃色夾板，那顏色好溫暖，比硬毛刷的顏色棒多了：「別進去，艾迪得獨處一下。」

圖任廷點點頭，認為柯林很懂事，或許他真的很懂事。

「我可以走了嗎？」柯林問。

「不知道耶，你可以走了嗎？」

柯林花了點時間才意識到這是諷刺語句，接著，他回體育館拿背包和筆記本，然後以最快速度跑回家，邊跑邊用綠色原子筆不斷不斷寫著：

魯道夫‧塔爾博特‧穆爾、魯道夫‧塔爾博特‧穆爾、魯道夫‧塔爾博特‧穆爾、魯道夫‧塔爾博特‧穆爾、魯道夫‧塔爾博特‧穆爾、魯道夫‧塔爾博特‧穆爾……

等到他安安穩穩跳上後院的跳床時，已經寫滿一整頁魯道夫的名字。

隔天，魯道夫在置物櫃內發現一張仔細摺妥、署名給自己的紙條。上頭寫道：

足球場。今天四點半。一個人來。
柯

所以，那天下午，魯道夫依要求來到空蕩蕩的足球場，他環顧四周，發現這座場地平時舉行比賽時感覺很小，現在站在正中央卻是那麼大，尤其周遭沒其他人時更顯空曠。

這念頭真令人感到舒暢，魯道夫因而笑了，可照樣只有嘴巴動。

「喂。」

身後傳來呼喊，聲音不像柯林．費雪，講的也不是這怪咖常用的問候語。魯道夫不用轉頭就曉得對方是誰，但他不曉得且深深好奇的是，為什麼是他。

「韋恩，」魯道夫說：「韋恩．柯納利，所以留了個『柯』字啊。」

「沒錯，」韋恩回應：「我要了你嗎？」

魯道夫聳聳肩。他倆面對面，毫無畏懼且因為不同的理由前來這裡。「那不是他的字跡，」魯道夫表示：「風格不像。」

「他是個怪咖，」韋恩也認同：「其實我還沒摸透他，但你的事啊，我都弄清楚了。」

「是喔，快說來聽聽啊。」

「柯林很聰明，所以解開了謎團。他不懂怎麼和人往來，卻能推敲出珊迪將槍放在手提包以及艾迪把槍放在置物櫃的原因。他還知道艾迪不可能有本事找上家族的人買槍，後頭絕對有人幫忙。只有一件事他怎麼想也想不透……但我一想就通。」

魯道夫注視韋恩許久，從頭細細打量到腳，他的衣服、髮型、鞋子、身上所有，一直到指甲裡的汙垢，他牢牢記住所有細節好在日後回憶。「什麼事？」魯道夫問。

「為何你要幫他、要介入這場遊戲。柯林問我，以前有沒有對你做過什麼事、是否和你或你朋友起過衝突。我說沒有，八年來我幾乎沒和你說過話。」

「那我為什麼那樣做？」

「因為你有那個本事，」韋恩如此回答：「因為你想看看接下來會發生什麼事、想按按鈕摧毀一個人的世界，你才不在乎有沒有理由。」

魯道夫假裝害怕的說：「聽起來好糟喔。」

「聽好，兄弟，我知道你很聰明，或許和柯林一樣厲害，就我所知，你可能比柯林還有本事。但我一點也不在乎。」韋恩向前逼近，與魯道夫胸貼著胸，他身形高大、擋住陽光，兩眼朝下瞪著魯道夫：「我才不管你有多聰明。如果你敢再對別人這麼做，就等著被揍成白痴。」

不等魯道夫回應，韋恩便轉身離去，他和魯道夫的帳算清了，至少今天是如此。

「韋恩，」魯道夫在後頭喊道：「我知道你的背景。我很清楚你開學日的第三堂課跑去哪，我也曉得你放學都在幹什麼。我全知道。」

「那你就知道我是說真的。」韋恩頭也不回的說。

沒多久，魯道夫又是世界上唯一一個人了。如他所願。

後記　人類行為

「利他主義」一詞的起源可追溯至十九世紀，哲學家、神學士及科學家卻花了兩千多年探究人類為何願意將別人的利益放在首位。如果大自然就是不斷的度過危險與延續生命，為何會有生物願意損己利他？

宗教文獻總讚揚利他與自我犧牲的行為，卻沒解釋為何要愛人如愛己。有時人們會說，懂得憐憫、願意自我犧牲的人死後會有好報，但也就那樣，我對上天堂這種回報實在反感、不滿意。

心理學家指出，利他主義源自同理心，也就是見人苦、如己苦的情緒。這解釋依舊無法令我滿意。如果利他主義真的源自同理心，那助人便單純只是想結束己身痛苦，如此看來，利他主義就成為一種自私了。

另一方面，生物學家試圖以演化的觀點來解釋利他主義，他們所舉的概念是親緣選擇，亦即，從古至今，人類大多生活在小規模且彼此關係緊密的群體裡，當一名採獵者幫助另一名採獵者時，他其實是間接幫助自己的基因存續下去。演化生物學家霍丹（JBS Haldane）說得最貼切：「我願意為兩個兄弟或八位表親捨命。」

這解釋也不夠好。因為我只有丹尼這個弟弟。可是，必要時我的確願意為他犧牲生命。上禮拜吃晚餐時我這麼告訴丹尼，他說：「不要說這種話，會讓我有所期待。」

柯林高高的飛進空中，搞不好跳得比往常還高，將跳床的彈性推至極限。每次彈跳，跳床的網布都被繃得老緊，緊到發出聲響，但它總能撐住柯林的力道，再度將他彈進聖佛南多谷的清澈湛藍天空。

韋恩叉著手站在一旁，困惑的看著柯林上上下下。

「真的！」雙腳高過韋恩頭部時，柯林叫道：「這樣有助思考！」他面朝跳床往下墜，然後又被彈起來：「現在還變成奧運比賽項目[1]！」柯林做了個漂亮的前空翻。

韋恩無法忽視柯林有多興奮，更難拒絕叫他一起彈跳的邀請。柯林很堅持，態度卻不強硬。

「什麼鬼啊。」韋恩聳了聳肩，然後爬上跳床，柯林也停下來幫忙拉一把。

起初，韋恩還不曉得該怎麼反應（他沒見過柯林主動碰觸任何人），但當柯林張開手掌、把手伸得更近時，他馬上就意會過來了。他握住柯林的手，站穩後就放開。他花了些時間適應搖搖晃晃的跳

1 從二〇〇〇年雪梨奧運開始，跳床正式成為比賽項目，至今，紀錄保持人依舊是男子組第一位金牌得主亞歷山卓・莫斯卡連科（Alexandre Moskalenko）。當時，這位俄籍選手獲得四十一點七分。

床，習慣後嘗試性的跳了一下。

韋恩面露笑容，還不由自主愈跳愈高，柯林見狀也跟著笑了，他並非模仿，也沒有照什麼社會腳本走，他只是感到快樂。

費雪夫婦站在廚房窗戶前，想弄清楚為什麼柯林能跟韋恩．柯納利這麼輕鬆自在的玩耍。為什麼是他？

費雪太太笑問：「他不會有事吧？」

費雪先生笑著把妻子抱到身邊，視線固定在兒子和他的新朋友身上，看來他將會是柯林這輩子最要好的朋友。後來，費雪先生皺起眉頭，他知道自己應該感到高興，但不知怎的……他注意到玻璃上映照出自己的臉，心想，不知道柯林現在怎麼看他。

屋外的柯林忙著計畫東、計畫西，完全沒留意爸爸的神情。如果有，他也無法理解為何爸爸一臉悲傷吧。的確，柯林要到很多年以後才有辦法理解，到時候，他也會有兒子，也會體驗同樣的感受。

「我們可以一起練習，」柯林上氣不接下氣的說：「參加雙人組比賽……」他描繪出自己的奧運夢，韋恩則靜靜聆聽，兩人一起跳進晚夏天空之中。

他們知道魯道夫．塔爾博特．穆爾跟他們還沒完，他宣戰了，後果可能不堪設想。但現在，未來只是一張跳床。

現在，他們只是兩個男孩子，而世上還有什麼比這更棒的？

小麥田
小麥田故事館53

亞斯少年校園偵探事件簿

Colin Fischer

原　書　名　柯林費雪：非典型少年社交筆記
作　　　者　艾許利・愛德華・米勒（Ashley Edward Miller）、
　　　　　　柴克・史坦茲（Zack Stentz）
譯　　　者　陳柑樵
封面設計　黃伍陸
責任編輯　汪郁潔

國際版權　吳玲緯
行　　　銷　何維民　蘇莞婷　吳宇軒　陳欣岑
業　　　務　李再星　陳紫晴　陳美燕　葉晉源
副總編輯　巫維珍
編輯總監　劉麗真
總　經　理　陳逸瑛
發　行　人　凃玉雲
出　　　版　小麥田出版
　　　　　　10483台北市中山區民生東路二段141號5樓
　　　　　　電話：(02)2500-7696
　　　　　　傳真：(02)2500-1967
發　　　行　英屬蓋曼群島商家庭傳媒股份有限公司
　　　　　　城邦分公司
　　　　　　10483台北市中山區民生東路二段141號11樓
　　　　　　網址：http://www.cite.com.tw
　　　　　　客服專線：(02)2500-7718｜2500-7719
　　　　　　24小時傳真專線：(02)2500-1990｜2500-1991
　　　　　　服務時間：週一至週五09:30-12:00｜13:30-17:00
　　　　　　劃撥帳號：19863813　　戶名：書虫股份有限公司
　　　　　　讀者服務信箱：service@readingclub.com.tw
香港發行所　城邦（香港）出版集團有限公司
　　　　　　香港灣仔駱克道193號東超商業中心1/F
　　　　　　電話：852-2508 6231
　　　　　　傳真：852-2578 9337
馬新發行所　城邦（馬新）出版集團 Cite (M) Sdn Bhd.
　　　　　　41-3, Jalan Radin Anum, Bandar Baru Sri Petaling,
　　　　　　57000 Kuala Lumpur, Malaysia.
　　　　　　電話：+6(03) 9056 3833
　　　　　　傳真：+6(03) 9057 6622
　　　　　　讀者服務信箱：services@cite.my
麥田部落格　http:// ryefield.pixnet.net
印　　　刷　前進彩藝有限公司
初　　　版　2013年6月
二版三刷　2021年1月
售　　　價　300元

ISBN 978-986-96549-0-6
Printed in Taiwan.

國家圖書館出版品預行編目資料

亞斯少年校園偵探事件簿／艾許利・愛德華・米勒（Ashley Edward Miller），柴克・史坦茲（Zack Stentz）合著；陳柑樵譯. -- 二版. -- 臺北市：小麥田出版：家庭傳媒城邦分公司發行, 2018.08
　面；　公分. --（小麥田故事屋；53）
譯自：Colin fischer
ISBN 978-986-96549-0-6（平裝）
874.57　　　　107010641

SPALDIN